COURBER LE DESTIN

Taïg KHRIS

COURBER LE DESTIN

Avec la collaboration de
Jérôme Lamy

Michel LAFON

7-13, boulevard Paul-Émile-Victor - Île de la Jatte
92521 Neuilly-sur-Seine Cedex
www.michel-lafon.com

À mes parents,
Reda Khris et Aléka Gattos

CHAPITRE 1

Trocadéro : école de la vie

Il est 17 h 18, ce samedi 29 mai 2010. La vieille dame m'a donné l'hospitalité. Elle m'a accueilli chez elle, au premier étage. En bas, le Champ-de-Mars est noir de monde. À son âge – elle a cent vingt et un ans – la dame ne peut accueillir tous les badauds. Mais elle a encore bon pied, bon œil. Son père, Gustave, serait fier. L'accouchement a été difficile : Alexandre Dumas, Sully Prudhomme et Guy de Maupassant s'y sont opposés. La concernant, j'ai aussi connu mon lot de soucis. Quel parcours du combattant avant de pouvoir enfin la rencontrer !

Il est 17 h 18, ce samedi 29 mai 2010. Je l'effleure. Je l'embrasse. Je la caresse. Je la touche. Je l'empoigne. Je lui murmure des mots doux. Je l'aime. On est romantique quand on est heureux. Je pense alors à ces mots, forts et précieux, de Roland Barthes. « Spectacle regardé et regardant, édifice inutile et irremplaçable, monde familier et symbole héroïque, témoin d'un siècle et monument toujours neuf, objet inimitable et sans cesse reproduit, elle est le signe pur, ouvert à tous les temps, à toutes les images et à tous les sens. » J'essaie pourtant de ne pas me laisser submerger par le poids de l'Histoire. C'est le plus sûr moyen d'avoir une chance de forcer ses portes.

Il est 17 h 18, ce samedi 29 mai 2010. Je suis au premier étage de la tour Eiffel. Je pense à ceux qui sont montés là avant moi. À ceux qui, comme moi, ont fait le rêve fou de se prendre pour des oiseaux. Je songe à ce tailleur d'origine autrichienne, Franz Reichelt, mort le 4 février 1912 pour avoir eu envie de voler. Basé au premier étage de la tour Eiffel, il tourna sur lui-même plusieurs fois face à la caméra. Il était très fier de dévoiler son parachute, qui n'était en fait qu'une sorte de pardessus amélioré. Il grimpa ensuite sur le rebord du premier étage, se jeta dans le vide et s'écrasa. La légende dira que Reichelt est mort d'une crise cardiaque, avant même de s'écraser sur le sol. Cet homme-oiseau fut le précurseur d'une longue série d'aventuriers qui tentèrent par la suite, souvent au péril de leur vie, de sauter depuis la tour Eiffel. Ce fut encore le cas le 17 mai 2005, lorsqu'un Norvégien de trente et un ans, adepte de *base jump* – parachutage depuis des objets fixes et non des aéronefs –, se tua vers 22 heures en se précipitant du deuxième étage de la dame de fer. Malgré le danger, il avait réussi à s'élancer de la Tour. Il s'encastra peu après sur les structures du premier étage, mourant avec son rêve…

Il est 17 h 18, ce samedi 29 mai 2010. Je suis au premier étage de la tour Eiffel. Paris est à mes pieds. La foule est à mes pieds. C'est à mon tour d'entrer dans l'imaginaire des gens. C'est à mon tour de tenter le tout pour le tout et d'établir le record mondial de saut dans le vide en rollers. Et je sais que si j'ai une chance de marquer la mémoire collective, ce ne sera pas à cause de mes prouesses techniques, mais parce que j'aurai sauté de la tour Eiffel. Je sais aussi que je me souviendrai de ce moment-là toute ma vie. Je l'attends depuis toujours.

C'est à Reda et Aléka, mes parents, que je dois cette envie de rêver les choses en grand.

Plutôt que d'être célèbre à tout prix, d'être connu pour le simple plaisir d'être connu, je voulais être reconnu par ceux qui pour moi sont des modèles. Par mon père, notamment. Il m'a donné cette envie-là. Il m'a également donné son nom, Khris. C'est un nom arabe, sans la consonance arabe. Mon premier cadeau : ma vie en France aurait sans doute été plus compliquée avec un nom très arabisant. Je m'appelle Khris. Je porte un nom qui vient de nulle part.

C'est parfait. Je viens de nulle part. Mon prénom, Taïg, est également une invention complète de mes parents. En dialecte berbère, Taïg signifie « capable ». Capable de tout…

La passion de mon père, c'était le théâtre. À Alger où je suis né le 27 juillet 1975, il était comédien, auteur et metteur en scène. Il avait rencontré un vif succès pour une pièce engagée sur la libération de la femme. Autorisée, puis interdite – le Théâtre national algérien (TNA) avait été fermé –, la pièce à laquelle mon père avait collaboré avait défrayé la chronique.

À la mort du président Houari Boumédiène en 1978, l'Algérie a vécu une montée de l'intégrisme inquiétante. Mon père est athée, il n'est pas croyant et encore moins pratiquant. La religion n'a jamais été un sujet qu'on évitait en famille. Ça n'a jamais été non plus un sujet de discussions. Je crois en quelque chose. Seulement il y a un élément qui cloche. Aujourd'hui, je suis un mec bien, je ne tue personne. Mais j'ai la chance d'être né du bon côté, dans une famille pleine d'amour. Si j'étais né dans une autre famille, je ne serais peut-être pas ce mec bien. Je serais peut-être un voyou. Celui qui est né du bon côté va au Paradis. Celui qui est né du mauvais va en Enfer. C'est absurde. Les règles imposées par les religions le sont aussi. Lors de « Pékin Express », en 2010 en Inde, je dînais chez des familles d'autochtones. On mangeait entre hommes. L'hindouisme interdisait aux femmes de dîner avec les hommes et, en plus, leur prescrivait de manger après eux, dans leurs assiettes sales.

Mon père était donc un athée doublé d'un artiste. À l'époque, en Algérie, ces choix le mettaient clairement en marge de la société. Rester dans son pays, c'était le choix du cœur pour mon père. Partir, celui de la raison. À l'été 1980, nous nous sommes envolés pour Paris, mes parents, mon frère aîné Eline – dit Lino car ma grand-mère trouvait trop « féminin » son véritable prénom – et moi. Je prenais l'avion pour la première fois. J'avais cinq ans.

Je n'ai malheureusement pas beaucoup de souvenirs de l'Algérie. C'est peut-être pour cela qu'aujourd'hui je me sens davantage français qu'algérien – ou grec, d'ailleurs. Pour moi il n'est donc pas question de me rattacher spécialement à un pays, car mes racines sont multiples et je me sens plutôt citoyen du monde. Ce qui me revient de ma terre natale, ce sont plutôt des odeurs, des couleurs. Des amis aussi, Mathilda, Ingrid, Vivi, Michel, Safia, ma grand-mère… Je revois une maison grande comme un château avec des carrelages de toutes les couleurs et d'immenses vitraux. Cette grande bâtisse s'appelait Miramar. On vivait avec ma nombreuse famille et des amis dans une atmosphère assez clanique. D'après ce que m'en disent mes parents, c'était une période heureuse de leur existence. Quand on quitte un pays, on ne laisse pas seulement derrière soi des choses matérielles, on abandonne aussi une part de son bonheur.

La politique a aussi changé la destinée de ma mère, Aléka. Née en Grèce, elle avait fui son pays avec sa famille lors de la montée de la dictature des colonels, issue de la prise du pouvoir par une junte d'officiers alors dominée par Yeóryos Papadópoulos. Le pays vivait dans l'instabilité et la peur du lendemain. Ma mère n'a même pas eu le temps d'assister aux élections libres de 1963. Quand Geórgios Papandréou, vieux routier de la scène politique grecque, prend le pouvoir, la famille de ma mère a déjà posé ses valises en Hongrie, puis en France, en Allemagne et enfin en Algérie. Mon grand-père, Thanos, était un architecte renommé en Grèce. Il rêvait de marier sa fille à un « docteur ». Le jour où ma mère lui a présenté mon père, vêtu comme un clochard, artiste jusqu'au bout des mains, ça n'a pas été sans créer quelques secousses. D'ailleurs, ma mère est restée fâchée de nombreuses années avec sa famille.

Devenue sculpteur, ma mère avait une fibre artistique aussi développée que son talent. C'est naturellement au théâtre qu'elle rencontra mon père. Ce n'est pas un hasard. C'est le destin. Un coup de foudre comme il en existe peu. Mes parents m'ont offert le modèle d'un amour impérieux et mystérieux qui dépasse la raison et résiste au temps. Reda est l'homme de la vie d'Aléka. Et Aléka est la femme de la vie de Reda. C'est beau. C'est pur. J'ai grandi sous le regard aimant du meilleur couple au monde. En trente-cinq ans, je me rappelle une seule fausse note dans cette harmonie. J'avais onze ans, c'était lors d'un voyage dans les Saintes. Les haussements de voix et les cris entre mes parents sont encore dans ma mémoire. Étrangement, je n'ai jamais compris ce qui s'était passé et, surtout, je n'ai jamais cherché à le comprendre. Quoi qu'il en soit, avec cet exemple-là sous les yeux depuis mon plus jeune âge, je ne pouvais grandir autrement que dans un romantisme exacerbé.

En France, Reda remâchait ses rêves de théâtre. Il avait trouvé du travail comme éducateur de prévention dans les cités. Son quotidien n'était plus la mise en scène et l'écriture mais la drogue et les vols. Toutes ces addictions qui polluent les cités et sont le paradis perdu d'une jeunesse aux abois. Mon père mettait autant d'humanisme dans son nouveau métier qu'il en avait mis dans son art. C'était peu dire... Ma mère, elle, restait à la maison. Elle pouvait ainsi s'occuper de Lino et moi tout en continuant à sculpter.

Au final, mes parents ne gagnaient pas beaucoup d'argent. Ou plutôt, ils en gagnaient très peu. Ça n'avait pas d'importance. Nous ne manquions de rien d'essentiel : nous avions un appartement qui nous appartenait, de quoi manger à notre faim, et c'est tout – à part cela, pas de télé à la maison, le moins de vêtements possible... Nous ne nous achetions rien de rien, nous nous serrions la ceinture toute l'année pour pouvoir nous offrir notre passion, notre luxe, notre folie : les voyages.

Le peu qui nous restait après avoir réglé les factures et l'épicerie, nous le mettions dans des billets d'avion. Nous passions la moitié de l'année à bourlinguer avec un sac à dos : deux mois l'été en Grèce, chez ma mère, dans un petit village de pêcheurs nommé Ilia, et le reste de l'année quatre mois aux quatre coins du monde : traversée de l'Atlantique en voilier, descente de l'Amazonie en pirogue, pêche aux Caraïbes... Nous partions le plus souvent avec ma mère et mon père nous rejoignait quand il avait cumulé suffisamment de vacances. En général, c'était couchage sous la tente et repas grâce aux poissons que nous pêchions. Le rêve. Le camping de Sainte-Anne en Martinique était devenu notre seconde maison, nous y avions nos habitudes et nos amis. Nous traînions souvent à côté du Club Med de là-bas. Le grand jeu, c'était de tromper la vigilance des gardiens et de se faufiler vers le buffet gargantuesque, histoire de changer un peu des poissons. J'ignorais alors qu'une dizaine d'années plus tard je serais sponsorisé par le Club Med, comme un clin d'œil de l'histoire à un passé heureux...

Mes parents nous laissaient chaque fois le choix de la destination. Je me souviens d'une scène incroyable. C'était mon tour de décider où nous irions. J'ai fermé les yeux. J'ai fait tourner le globe terrestre sur lui-même à toute vitesse avant de l'arrêter et de mettre mon doigt au hasard sur le globe. J'ai ouvert les yeux : je pointais le Brésil. Quelques jours plus tard, nous étions à Rio… De façon générale, mes parents nous ont toujours laissé beaucoup de latitude, à mon frère et moi. Ils nous faisaient confiance, nous parlaient d'égal à égal. C'est sûrement pour cela que je les ai toujours appelés par leurs prénoms et non « papa » ou « maman ». Ils nous ont ainsi permis de mûrir plus vite que les enfants de notre âge. Ils avaient par ailleurs une approche très personnelle de l'éducation des enfants et se référaient toujours au livre *Libres Enfants de Summerhill*. Ils ont donc décidé de ne pas nous inscrire à l'école. Ou plutôt, pour être exact, ils nous ont donné le choix, comme c'était la coutume à la maison. Après avoir essuyé une semaine durant nos fonds de culottes sur les bancs d'une classe à Vincennes, Lino et moi avons décrété que si nous devions aller à l'école, ce serait à l'école buissonnière… Je n'avais pas aimé la relation de soumission qui était de règle dans ces murs.

Pourtant mes parents n'étaient pas des « illuminés » ou des « anarchiques » sur le plan de l'éducation. Ils tenaient à ce que nous ayons une instruction – mais une instruction à leur façon. Mon père avait une véritable culture héritée de son combat pour le théâtre et, le soir à table, il passait des heures à nous parler d'histoire, de philosophie ou de politique. Pour le reste, mes parents étaient assez épicuriens et tenaient à jouir de l'instant présent, sans avoir peur du futur. C'est pour cela qu'ils nous ont tellement poussés à suivre nos passions jusqu'au bout. Quand on est habité, on est invincible, nous répétaient-ils. Ils nous disaient aussi que la passion est le plus petit dénominateur commun de tous ceux qui ont réussi. C'est avec cette philosophie de vie que j'ai commencé à cultiver mes espoirs.

Mon existence était une existence rêvée : folle et belle. J'étais heureux. J'étais même jalousé et envié. Mes copains étaient désarçonnés par la relation que j'entretenais avec mes parents. Je passais une enfance idéale, sans école ni obligations, avec des voyages et des passions ! À leurs yeux, j'étais un privilégié… Les parents de mes copains, eux, ne comprenaient pas mon mode de vie. Ils s'inquiétaient pour mon avenir. Ils disaient : « Que va faire Taïg sans le moindre diplôme ? » Cette idée-là ne perturbait pas mes parents. Ils n'étaient pas angoissés pour deux sous. Au contraire, ils se montraient plus prêts que jamais à me soutenir quels que soient mes choix. J'ai ainsi croqué mes passions avec boulimie et pratiqué une multitude d'activités : natation, plongée, apnée, trampoline, kung-fu, roller, salsa, dessin, piano, théâtre, pêche sous-marine, comédie, cirque, tennis... Toutes ces distractions ne m'ont pas passionné à l'identique. Reste que mes parents étaient toujours là, derrière moi, pour m'apporter leur soutien. Au point que je me souviens autant de leur présence que des activités elles-mêmes.

Avec le roller, ce sont le cirque, la magie et le tennis qui m'ont le plus enthousiasmé. Le cirque, c'est à l'académie Fratellini de Saint-Denis, dans le 93, que je l'ai appris. Ensuite j'ai arrêté cette école pour me consacrer à la magie. Je suis même devenu professionnel ! Deux années durant, j'ai fait des spectacles et gagné ma vie comme prestidigitateur – mais je reparlerai de mes débuts dans la magie. Quant au tennis, ç'a été une période difficile à vivre. Je n'arrivais pas à réussir quoi que ce soit dans ce sport, et j'avais l'impression de ne pas être « capable ». J'ai passé six années de ma vie, entre dix et seize ans, à l'académie Nick Bollettieri quand ce dernier a monté, à Paris, sur les courts du Stade Français, une structure équivalente à son fameux camp d'entraînement, à Bradenton, sur la côte ouest de la Floride. C'était tennis le matin, tennis l'après-midi pour mon frère et moi. Toutes les économies de mon père y étaient englouties. Mais ce n'était pas assez pour prendre des cours particuliers. On ne peut pas tout avoir dans la vie... Au final, j'ai tout tenté pour devenir professionnel. J'ai atteint un niveau correct de joueur 3e série, réussissant à me classer 15/4. Pour passer d'espoir à révélation, il me manquait juste la confiance en moi. Mon frère, lui, a seulement manqué de chance. Le tennis était un sport sur mesure pour lui. Il compensait ses carences techniques dues à un apprentissage tardif par des qualités mentales hors du commun. Tant et si bien qu'il est arrivé rapidement à faire des performances à 2/6, s'offrant ainsi le luxe de rencontrer régulièrement des joueurs première série et surtout de se les « payer ». Il avait même trouvé un entraîneur privé qui voulait s'occuper de lui gratuitement. C'est lors d'un dîner avec ce coach, pour planifier ses entraînements, que son destin s'est brisé. En jouant avec un verre, il s'est sectionné les ligaments du poignet, stoppant ainsi sa carrière.

Nous nous sommes alors consacrés au patin tous les deux. J'ai découvert le patin en même temps que Paris. Je dis « patin » car il s'agissait bien de patins à roulettes à l'époque : les rollers *in line*, aux roues alignées, interviendront plus tard.

Bref, à peine avions-nous posé les pieds dans la Capitale que mes parents nous ont amenés, Lino et moi, au Trocadéro. Nous ne savions même pas qu'un tel endroit existait. C'était le paradis. On se retrouvait tous les jours avec des enfants de notre âge. Les uns au patin, les autres au skate, un peu tout le monde au baby-foot, c'était le bonheur. C'était ma vie. Je n'allais pas à l'école. Le Trocadéro était l'école de la vie. Nous vivions rue Saint-Bernard, dans le 11e arrondissement, entre Bastille et le faubourg Saint-Antoine. Mes parents y avaient acheté un petit appartement de quarante-cinq mètres carrés au rez-de-chaussée. C'est l'unique bonne opération financière qu'ils ont réalisée de toute leur vie… L'appartement donnait sur une belle cour très calme où nous avions planté des arbres. Le printemps venu, nous discutions des heures en famille assis à même le sol, dans la cour. Nous n'avions pas l'impression de vivre à l'étroit. Nous n'avions pas l'impression de vivre à Paris. Nous avions l'impression de vivre en Algérie ou en Grèce.

Mes parents avaient quitté l'Algérie sans un sou. Dans sa jeunesse, mon père avait vécu dans un univers sans signe extérieur de richesse. Sa seule richesse était intérieure. Sa seule passion, c'était le théâtre. Quand il avait besoin d'argent à l'époque, il faisait un petit boulot. À la fin du mois, il avait de quoi payer son loyer. Il y avait du boulot pour tout le monde, alors. Il n'aurait jamais pensé que cet âge d'or puisse avoir une fin. Il n'aurait jamais pensé que la vie puisse devenir si difficile. N'empêche, il n'a jamais oublié ces valeurs-là. Il me les a transmises. J'en suis fier, et j'essaierai de les transmettre à mon tour à mes enfants. L'incertitude du lendemain, la crainte du futur, mes parents ne se posaient pas ces questions-là. C'est aussi pour cela qu'ils ne m'ont jamais encouragé à aller à l'école. En ce qui concerne mon père, même s'il aimait le caractère humain et social de son métier d'éducateur, il rêvait de se réinscrire dans une démarche de comédien. C'est dans ce but qu'il a économisé pour la première fois de sa vie, pendant dix ans : il voulait raccrocher le wagon artistique.

Mes parents ignoraient également le conformisme. Les apparences, ils ne savaient même pas ce que c'était. Nous roulions dans une vieille fourgonnette. Parfois, nous étions quinze à l'intérieur quand nous ramenions à la maison les copains du Trocadéro. Nous étalions les matelas pneumatiques les uns à côté des autres dans notre salle à manger. Ce furent nos plus belles nuits. Mes parents ont même cédé à l'un de mes rares caprices : acheter un singe. Je voulais un saïmiri. J'étais tombé amoureux de ces petits singes lors d'un voyage au Brésil. Je l'ai appelé Tony, comme un champion de Yo-yo que j'avais rencontré. Il nous suivait partout, au cinéma, au restaurant. Ce que préférait

Tony, c'était voyager avec nous en fourgonnette sur le toit ou sur les essuie-glaces !

Dans ce monde tout cotonneux et tout beau, le Trocadéro représentait mon point d'équilibre, ma zone de plaisir. C'était le centre de Paris pour la jeunesse qui utilisait le patin comme prétexte pour se retrouver là. Il y avait une vraie mixité sociale : des enfants issus des familles aisées du 16e, des gosses modestes, des Blacks, des Beurs. Toutes ces différences étaient gommées dès lors que nous montions sur nos patins. Il y avait de la vie. Il y avait une ambiance formidable. Des jeux comme l'épervier ou la chasse à l'homme, en patins, c'est vraiment excellent… Parfois, nous organisions de grandes randonnées dans tout Paris. Le top, c'était les « rando-catch ». On s'amusait sur le Périphérique à s'accrocher derrière les voitures pour aller plus vite : on poussait jusqu'à 90 km/h ! On demandait au préalable la permission aux conducteurs, on discutait avec eux, c'était riche en sensations. Riche en dangers, aussi – mais on ne s'en rendait pas compte à l'époque.

C'est pour marcher sur les traces de mon frère que j'ai enfilé pour la première fois une paire de patins. J'étais tellement jeune alors que, maintenant, j'ai l'impression d'être né avec. Bientôt les patins se retrouvèrent en permanence soit sous mes pieds, soit au pied de mon lit. Ma mère devait régulièrement me les retirer pendant mon sommeil. Chaque matin, en me levant, je les enfilais. Je finissais par être plus à l'aise en patins qu'à pied. Vers l'âge de dix ans, j'ai passé six mois de suite avec mes patins. Quand je les ai enlevés, je n'arrivais plus à marcher. J'adorais aussi les mettre dans l'avion, et patiner entre les sièges, surtout au décollage…

Au Trocadéro, on commençait à réaliser des figures spectaculaires. Le clou du show, c'était quand on sautait au-dessus d'une barrière de CRS depuis les marches. C'était l'idéal pour épater les filles. Elles étaient nombreuses, chaque après-midi, au rendez-vous. Par contre, mon succès avec elles, lui, n'était pas au rendez-vous…

Dans un premier temps, j'allais au Trocadéro pour jouer au Lego, la première vraie passion de mon enfance. J'étais encore trop jeune pour le patin. J'avais cinq ans. Je regardais mon frère et tous les copains. Je les enviais. Je les ai vite rejoints. Mon frère Lino avait dix-huit mois de plus que moi. Il m'a souvent donné l'exemple. L'exemple de la réussite. Lino a traversé sa jeunesse avec le succès chevillé au corps. Tout ce qu'il touchait, il le transformait en or. Avec les filles, c'est lui qui avait la cote. Il essayait le Yo-yo, il devenait champion de France. Le tennis ? Il est arrivé aux portes du monde professionnel. Le cinéma ? Il a obtenu le premier rôle dans le film *Havre*, un long métrage de Juliet Berto. Lino a souvent été un moteur pour moi. Et un frein aussi : même si mes parents ne faisaient aucune différence entre nous, la réussite de mon frère me complexait.

Mes parents ont toujours été très vigilants pour gérer sur le plan psychologique nos réussites respectives, à Lino et moi. Jusqu'à aujourd'hui, je n'ai jamais entendu mes parents me dire qu'ils étaient fiers de moi. C'est quelque chose qui allait de soi et qui n'était pas indexé sur le succès. Quoi qu'il en soit, c'était mon frère qui tenait la pole position quand nous étions jeunes. J'étais partout moins bon que lui. Le bonnet de l'éternel second n'est pas le plus facile à porter. J'en ai souffert. Je ne m'en cache pas. L'esprit de compétition sort rarement de nulle part…

Il y a une seule activité que j'ai essayée sans mon frère, c'est le patin sur rampe. Il s'agit d'un double tremplin courbé évoquant la forme d'un demi-tube, comme l'indique l'appellation anglaise *half-pipe*. J'étais au Trocadéro quand Magik, mon pote, m'a parlé d'une nouvelle rampe à Maisons-Alfort. On était à la fin du mois de décembre 1989 : je me souviens encore du marché de Noël près du Champ-de-Mars. Je n'ai pas hésité. Je l'ai suivi. Sans le savoir, Magik m'a fait ce jour-là le plus beau cadeau de Noël de toute ma vie.

En cette fin des années quatre-vingt, mon destin a basculé. Lino n'était pas au Trocadéro. En son absence, mes complexes disparaissaient. Je commençais enfin à prendre confiance en moi. Je mobilisais toute mon énergie dans cette nouvelle activité. Ça attisait la curiosité de mon frère. Une semaine plus tard, il m'accompagnait à Maisons-Alfort pour tester la fameuse rampe. Mais, forcément, j'étais plus avancé que lui sur ce coup-là : je m'entraînais depuis une semaine ! Dès le départ, Lino m'a déclaré qu'il n'accrochait pas. Difficile pour mon aîné de s'imaginer dans le rôle du second, derrière moi… En quelque sorte, il m'ouvrait le champ des possibles. Le champ de mes rêves. Je pouvais enfin prouver aux autres et surtout me prouver personnellement que j'étais capable de réussir vraiment quelque chose, moi aussi.

L'occasion m'en est donnée quelques mois plus tard, en avril 1990, à l'occasion d'une compétition à Versailles. Cette épreuve est très amateur. Elle se déroule dans un vieux hangar désaffecté où un *skatepark* a été aménagé. Faute de moyens pécuniaires suffisants, j'ai acheté quelques genouillères dans une boutique de bricolage. Elles valaient dix-neuf francs l'unité. Ce n'était pas cher en comparaison du prix des vraies protections. J'ai mis des genouillères partout, aux tibias, à la hanche, aux coudes… Le budget d'un casque spécifique n'était pas davantage en adéquation avec ma bourse. C'est donc un ami qui m'a prêté un gros casque de moto, très lourd. Peu importent les protections, peu importe le casque, c'est la compétition de ma vie. C'est ma finale de Roland-Garros. Je charge mes petites épaules d'une pression excessive. C'est le moment ou jamais de me montrer que je peux me fixer des objectifs et les tenir, que les succès ne sont pas réservés à mon frère et que je peux aussi y goûter un peu. En tout cas, j'ai tout ce qu'il faut pour figurer honorablement dans le palmarès de la compétition. Malheureusement, je suis tellement tétanisé par le trac que je rate autant de figures que j'en tente. Je manque ma première réception, puis la seconde. Je flingue mes deux *runs* (enchaînements de figures sur un temps de 50 secondes). J'échoue en onzième position. Seuls les dix premiers sont qualifiés pour la finale du lendemain…

Ce fut la première grande déception de ma vie. J'avais jusque-là été toujours complexé par mon frère. Enfin une brèche s'était ouverte, je m'étais engouffré dedans et presque aussitôt j'étais recalé. Je n'étais pas capable.

C'était violent. Vertigineux. Ce soir-là, mes parents et mon frère ont essayé de me réconforter. En vain… Je possédais la technique, mais je n'avais pas le mental, me répétais-je. J'avais échoué. Je m'étais trompé sur mes capacités. Je me tournais et me retournais sur mon lit, impuissant à trouver le sommeil. J'avais placé tellement d'espoirs dans cette compétition, dans ce sport… Le réveil fut pénible le lendemain. J'étais toujours aussi déboussolé. Vidé au plus profond de moi. Incapable d'affronter le regard de mes parents et de mon frère, même si je ne lisais aucun reproche sur leurs visages. Au contraire, j'y voyais beaucoup de bienveillance et de chaleur discrètes. Cela étant, j'étais trop passionné pour ne pas assister à la finale.

Sur le chemin de Versailles, j'avais le cerveau à l'envers… Je ne savais pas que le destin allait frapper. Je ne savais pas que la vie allait me donner une seconde chance. À l'entraînement, un des finalistes se casse la jambe. Il déclare forfait. Un membre du jury m'aperçoit dans les gradins de fortune. « As-tu tes patins ? » demande-t-il. « Oui ! » je réponds. « Va les chercher, équipe-toi vite, la finale commence dans cinq minutes », me lance-t-il. Je n'ai pas le temps de barguigner. Je cours chercher mes patins dans la fourgonnette de mon père. Dernier qualifié, repêché *in extremis*, je suis le premier à entrer en compétition. Je n'ai pas le temps d'avoir le trac, ni celui de fixer mes protections. Mes patins sont à peine serrés que je suis déjà en haut de la rampe. Je m'élance. Je passe toutes les figures comme à l'entraînement. Comme dans un rêve. Je termine deuxième. Le vainqueur était trop fort. J'ai remporté une planche de skate. C'était le premier lot de ma carrière.

On dit que l'argent ne fait pas le bonheur. Cette médaille d'argent que je serrais dans mes doigts en avait pourtant le goût. J'étais enfin capable de réussir ! Je le savais, cette fois, j'avais trouvé ma potion magique. Ce sentiment incroyable ne me quittera plus jamais. Du jour au lendemain, je me suis trouvé fort de cette foi inaltérable en moi-même.

Côté cœur aussi, j'ai enfin commencé à avoir du succès avec les filles. J'avais toujours été le mec trop gentil alors que les adolescentes aimaient les *bad boys*. J'étais le bon gars trop romantique, le type qui se faisait éconduire ou plaquer. Pourtant il y en avait, des filles, au Trocadéro, et mes performances en patins étaient une valeur ajoutée, mais je n'en profitais pas assez. J'étais confronté à un vrai choix : devenir un *bad boy* et jouer avec les filles ou rester moi-même et trouver le moyen de les intéresser. J'ai pris la deuxième option.

Peu après, j'ai trouvé un « truc » quasi infaillible avec les filles, un truc dans lequel je m'étais pourtant lancé par seule passion : la magie. J'ai adoré ça. J'avais dix-sept ans je crois et un jour, au Troca, je vois un clochard qui fait un tour aux touristes, avec des allumettes et des cartes. Intrigué, je l'aborde, je lui fais tout un numéro et il finit par me montrer comment il fait. Pendant longtemps, ce tour sera le seul que je connaîtrai... Plus tard, j'ai passé des jours et des nuits à m'entraîner à l'aide d'une cassette vidéo. Oui, je me suis vite rendu compte que la magie était un bon moyen d'aborder les filles, moi qui étais plutôt timide avec elles. Les copains aussi s'en sont rendu compte en me voyant à l'œuvre : au bout d'un moment, vous pouviez voir tout un tas de gars au Trocadéro avec un jeu de cartes dans la poche. Au cas où...

Quoi qu'il en soit, je sais désormais où je veux aller. J'ai un chemin tracé. Je n'en dévierai plus jamais. C'est la ligne droite vers ma passion. C'est le raccourci vers mon rêve. Je croyais au patin, au patin sur rampe en particulier. Pourtant personne n'en vivait encore : il n'y avait aucun sponsor, aucun professionnel, aucun avenir. Peu importe, j'avais quinze ans et l'envie de foncer. Fini l'ambiance du Trocadéro. Terminé les parties de rigolade avec les copains. Mon quotidien, désormais, c'était Maisons-Alfort. Je passais mes journées et parfois mes soirées sur la rampe que j'avais découverte avec Magik. Elle était située sous une vieille bretelle d'autoroute aussi bruyante qu'un marteau piqueur sur un chantier. C'était moins glamour que le Trocadéro, il y avait zéro fille, mais c'était là que j'écrivais les premières lignes de mon aventure. Le roller me rendait déjà heureux. Quand j'y pense, l'amour du roller a toujours été là. Tout est mêlé pour moi dans ce sport : l'incroyable sensation de liberté que te procure la vitesse, l'adrénaline qui t'électrise. Ton corps, que tu connais sur le bout des doigts, qui est ton plus sûr allié mais aussi ton pire ennemi quand tu n'arrives pas à réaliser ce que tu veux. Et la voltige, sur rampe surtout : tu te jettes dans les airs, tu fermes les yeux et tu planes, en apesanteur...

Les figures, c'est encore autre chose. C'est le Graal. J'en rêvais la nuit, le jour, et tous mes potes aussi. Nous passions des nuits blanches à partir dans des délires de figures infaisables, impossibles à « rentrer » comme disent les *riders*. Quand tu réussis une figure, c'est le kif absolu, surtout si tu es le premier. Là, tu ne sais pas ce qui est le plus fort, le bonheur ou la fierté. Et puis il y a l'amitié, le fait que tout cela tu le partages avec tes potes. Avec les miens, on discute en roulant à toute vitesse sur les trottoirs. Ils sont comme moi, ça doit faire au moins trente ans qu'ils roulent. On vit Paris *by night*, on se faufile partout comme des chats de gouttière dans la nuit, comme des super-héros qui bondissent partout et à qui la rue, et la plus belle ville du monde, appartiennent. Le kif, c'est la descente des Champs-Élysées, dont les trottoirs bien larges deviennent un slalom géant où il faut éviter les passants.

À l'époque de Maisons-Alfort, je n'en étais pas encore là. Je savais que je devais m'y mettre à cent pour cent. Je me suis mis alors à disputer quelques compétitions entre amateurs, histoire de m'étalonner par rapport aux autres.

Il y avait une seule compétition qui me faisait rêver : les championnats du monde de patin. L'appellation est assez pompeuse. En fait, l'épreuve servait essentiellement à meubler les temps morts des championnats du monde de skateboard. Moi, j'avais seize ans. Je ne pensais qu'à ça. Je m'organise donc pour partir en Allemagne, avec mon copain de toujours, Magik. Le destin s'acharne contre moi. Première galère, l'obtention du visa pour l'Allemagne avec un passeport algérien. À la dernière minute, j'obtiens le coup de tampon nécessaire. Deuxième galère, mes parents n'ont évidemment pas les moyens de me payer le billet de train. Je pars donc à la course au mécénat. En deux petites semaines, j'arrive à convaincre la boutique Hawaii Surf de me financer le déplacement. Je ne suis pas au bout de mes peines. Le train qui nous transporte à Münster fait une escale imprévue à Bruxelles. Faute d'avoir un visa belge, le contrôleur me demande de descendre du train. J'étais le seul à ne pas être en règle. Il me confisque même mon passeport. Je suis en larmes. Je cours derrière lui. Je lui explique que le rêve de ma vie est en passe d'éclater en mille morceaux à cause de lui. Il est touché. Et me dit « bon, faisons comme si je ne vous avais pas vu ».

À Münster, le prix des hôtels – mille francs la nuit – ne correspond pas vraiment à mes finances. Pas grave, je passerai la nuit à la gare : la tête dans les casiers. Je noue mon sac à mes jambes, qui dépassent du casier, pour éviter les risques de vol. Le danger ne venait pas des voleurs mais de la police, qui nous demande assez vertement de quitter les lieux au galop. C'est sur un banc du centre-ville que Magik et moi tentons de poursuivre la nuit. Mais le froid nous réveille à 4 heures du matin. Nous décidons alors de rejoindre le lieu de la compétition. Par chance, les organisateurs ont laissé les grilles ouvertes. Je m'endors et me réveille presque aussitôt, surexcité : la rampe est trop belle pour ne pas l'essayer ! Je monte en haut du *half-pipe*, torse nu, dans un état de fatigue avancé. Comme dans un cauchemar, je fais une chute énorme qui me brûle tout le dos. Pas grave, je remonte. Je rechute encore plus lourdement. Je perds connaissance.

Quand j'ouvre les yeux, je vois des pompiers tout autour de moi. J'essaie de me relever, mes jambes ne répondent plus. On m'emmène en ambulance à l'hôpital pour des examens.

J'ai la hanche cassée. Je n'ai même pas d'argent pour appeler mes parents, ni bien sûr de portable – à l'époque, personne n'en avait. La secrétaire de l'hôpital essaye de les joindre. Sans succès. La compétition se déroule sans moi. Quelle frustration ! J'avais mon rêve à portée de patins et il s'est dérobé. La fracture de la hanche je n'y pensais même pas, la seule chose qui me hantait c'était de voir les champions, la compétition, les potes. Je craque durant la nuit. Je décide de retourner à la compétition, pieds nus, en pyjama et béquille. Le service de sécurité me rattrape dans la rue. Magik ne tarde pas à me rejoindre. Le retour est aussi long que douloureux. Je ne rentre pas avec une médaille, mais avec une enveloppe pour mon médecin.

Il y a une différence entre mes rêves et mes fantasmes. Je vais toujours au bout de mes rêves. L'année suivante, je décide de retourner à Münster pour les championnats du monde. Magik est toujours de l'aventure. À l'image du chat échaudé, je prépare l'événement en amont. Sponsor, visa, billet d'avion, hôtel réservé : la compétition s'annonce sous les meilleurs auspices. Pourtant, la poisse s'accroche une nouvelle fois à mes patins. Un immense carambolage sur l'autoroute du Nord, en direction de Roissy, nous empêche de monter dans l'avion.

Le train fera l'affaire. À Münster, c'est la couleur de peau de Magik – il est noir – qui nous interdit de prendre possession de la chambre que nous avions réservée. La gardienne dit : « OK pour vous, pas OK pour lui… » C'est du délire. Je prends seul la chambre avant d'ouvrir la porte à Magik, au milieu de la nuit. Je suis trop fébrile pour me rendormir. Il faudrait un tremblement de terre pour m'empêcher de le disputer, ce championnat du monde. Je n'étais pas loin de la vérité… Le lendemain, quand je monte sur la rampe pour faire mon premier essai, elle s'écroule lourdement, comme un château de cartes. Il y a de nombreux blessés. Je m'en sors sans une égratignure. C'est un miracle. Mais la compétition est annulée. Il n'y aura plus jamais de championnat du monde de patin à Münster.

Depuis trois ans, l'histoire de mes parents commençait à s'écrire en pointillés. Après une décennie de petite vie et d'économies, mon père a donné sa démission de son poste d'éducateur de prévention. Il voulait prendre une année sabbatique pour s'offrir toutes les chances de relancer sa carrière artistique à Paris. Il partait sur un succès, ayant aidé des jeunes à monter une entreprise de transport. Cette dernière mission lui tenait particulièrement à cœur. Il rendait donc son tablier avec le soulagement du devoir accompli. Quelques semaines plus tard, la police appelait à la maison, rue Saint-Bernard. Un jeune venait de se faire voler son camion rempli de marchandises Burberry. Il était au commissariat où il venait de déposer plainte, totalement paniqué. Dans sa déposition, il avait précisé qu'il avait garé la camion devant chez lui pendant deux heures, le temps de prendre une douche et de manger quelque chose. Seulement, dans le contrat d'assurance, le chauffeur n'avait pas le droit de s'éloigner de son camion rempli de marchandises plus de quarante-cinq minutes. L'assurance a bien sûr trouvé la faille et la faute est retombée sur ce jeune, qui devait désormais rembourser la totalité de la marchandise ou aller en prison.

Mon père connaissait ces gars depuis près de dix ans. Inutile de dire qu'il les considérait comme ses propres fils, comme Lino et moi. Lorsqu'il a fallu rembourser pour sauver les ados, il ne s'est posé aucune question. Il a sorti toutes ses économies, soit deux cent trente mille francs, pour régler le problème. J'ai été ébloui par le geste de mon père. Je me suis dit : « C'est un mec bien », sans un seul instant me demander si cet argent allait nous manquer un jour. Je l'ai dit, j'ai toujours été élevé dans des valeurs qui n'avaient rien de matériel : la passion, la curiosité, l'entraide surtout. L'argent était le dernier de mes soucis. Nous n'en avions jamais eu, de toute façon. Le geste de mon père m'a donc paru normal. À la limite, j'aurais été étonné qu'il ne cherche pas à aider ce jeune.

C'est la fin de la vie rêvée pour nous, néanmoins. On demeure une famille très unie, sans crise interne. Mais l'existence devient dure. Mon père n'a plus d'emploi, et plus d'économies. Alors ma mère et lui ont une idée, la restauration. Ce n'est pas la meilleure qu'ils aient eue. S'ils ont la main gourmande – notamment pour cuisiner les poissons –, ils n'ont vraiment aucun sens des affaires. Mon père est si perfectionniste qu'il met un an pour terminer les travaux du restaurant. Pourtant, le local n'est pas grand. Situé 187, rue Saint-Jacques, dans le 5e arrondissement de Paris, il fait au plus une vingtaine de mètres carrés. Pour boucler le budget, mon père a dû hypothéquer l'appartement de la rue Saint-Bernard et emprunter quatre cent mille francs auprès des amis. Oui, quatre cent mille francs. À l'époque, c'était énorme. Ça le serait encore aujourd'hui. Essayez de demander ne serait-ce que mille euros à vos amis : vous vous sentirez rapidement seul… Mais mon père possède une vraie grandeur d'âme et une bonhomie communicative qui absorbent l'amitié des gens.

Reda a plein de qualités, mais pas celle du commerce. Pour les accompagnements, il choisit les légumes bio les plus chers du marché. Les amis ? Ils viennent en grappes au restaurant. Ils ont tous prêté de l'argent, ils ont donc tous table ouverte. Personne ne paie l'addition. Ce n'est pas le moyen le plus efficace pour faire rentrer l'argent dans les caisses. Avec Lino, on aide comme on peut. On tient très souvent le restaurant à midi, avec nos rollers aux pieds, pour laisser nos parents se reposer avant le service du soir. On a installé une crêperie sur le trottoir. C'est ainsi que je suis devenu expert en crêpes. Le problème là aussi, c'est que je fais une crêpe pour les clients et une crêpe au Nutella pour moi : pas très rentable ! Je profite également de l'occasion pour faire des tours de magie à la fin du service, au moment du café. C'était devenu un rituel pour beaucoup de clients. Les autres, ceux que je ne connaissais pas, je devais les aborder et capter leur attention. Indéniablement, ça m'a appris à dépasser ma timidité et à oser prendre contact avec les gens. Au restaurant, mes numéros font un tabac auprès des clients.

L'aventure de mes parents dure sept ans. Pendant sept ans, on vit comme le restaurant : sur la corde raide. On manque de se faire exproprier plusieurs dizaines de fois. On évite le pire grâce aux amis, qui mettent de nouveau la main à la poche. Outre la sœur et le frère de mon père, ainsi que le frère de ma mère qui a toujours été là, deux amis nous extirpent de cette situation compromise. Ils resteront dans ma mémoire à jamais. Il y a tout d'abord Esther, une fille formidable rencontrée au Trocadéro et qui s'est prise d'amitié pour mes parents. C'est un peu comme ma grande sœur. Sa maman, femme de ménage, a mis de l'argent de côté toute sa vie pour laisser un pécule à sa fille. Esther a sorti toutes les économies de sa maman, soit cent cinquante mille francs, pour mes parents, sans hésiter une seconde. Sans faire signer aucun papier. Sans savoir si mes parents pourraient les lui rendre un jour. Il y a aussi Ahmed. C'est le frère du jeune que mon père a sorti des griffes de la justice. Touché par le geste de mon père, il a travaillé comme un forcené pour lui donner, chaque mois, une partie de son salaire et nous permettre de garder la tête hors de l'eau.

Mon adolescence a été visitée et revisitée par les soucis financiers de mes parents. Forcément, cette période me marquera à vie. Entre la peur de perdre notre logement, les parents qui triment sans gagner un sou et les amis qui se saignent pour nous sauver, j'étais très inquiet pour l'avenir. À l'âge de douze ans, je travaillais déjà au restaurant. Je n'avais pas de diplôme. Plus le temps passait, plus on s'enlisait. Mon père avait un caractère très fort. Je ne remettais pas ses choix en cause. Je le regardais souffrir, en me demandant comment je pouvais l'aider.

La tempête était là. Les trous d'air se succédaient. Dans les situations de crise, il faut prendre des décisions fortes et les assumer. J'en prends une très importante. J'arrête le roller.

Oui, j'arrête le roller. Certes, à force de m'entraîner sur la rampe de Maisons-Alfort, je devenais un des meilleurs de la discipline. Certes, je croyais toujours en l'avenir de mon sport. Mais il y avait le présent à gérer. Il fallait se rendre à l'évidence : ce n'était pas le roller qui allait rembourser les dettes, assurer les fins de mois et garantir à la famille un peu de tranquillité.

CHAPITRE 2

Roller : superhéros mais pas trop

J'avais grandi avec des patins puis des rollers greffés aux pieds. Apprendre à vivre sans, c'était apprendre à vivre en se coupant un bras. Je vivais cet amour par procuration, en regardant toutes les vidéos en VHS qui sortaient. J'avais la sensation que le sport bougeait. J'apprenais qu'un copain commençait à gagner sa vie avec le roller *in line* (avec les roues alignées), ou qu'une grande compétition était bientôt programmée à Bercy... L'avènement du roller sur rampe bouleversait également la donne, faisant de ce sport une discipline professionnelle. Un jour, j'ai dit à mes parents qu'il était peut-être possible de transformer ma passion en un vrai métier. Je leur ai parlé de la compétition à Bercy comme d'une dernière chance. Ils m'ont écouté, sans me croire une seconde. Gagner de l'argent avec le roller leur paraissait aussi virtuel que de s'acheter une villa en Grèce avec les gains de leur restaurant. Mais ils m'ont dit que si je voulais vraiment aller à Bercy, ils me soutiendraient. Je pourrais m'organiser pour concilier restaurant et entraînement. Si je devais rater un ou deux services, ils se débrouilleraient pour compenser mon absence.

Participer à une compétition à Bercy, c'était plus qu'un rêve, c'était presque un avènement. Il fallait donc absolument que je trouve le temps de m'entraîner et le courage d'affronter l'hiver glacial qui s'annonçait. Surtout que ça faisait déjà deux ans que je ne faisais plus de roller. Il y avait trois difficultés majeures : m'aménager pendant deux mois des plages d'entraînement compatibles avec le restaurant, apprendre le roller *in line* et m'entraîner malgré les frimas. Ce sont les intempéries qui me posaient le plus de problèmes. J'étais parfois contraint de mettre le feu à la rampe avec de l'essence afin de faire fondre la glace.

C'est surtout à Bercy, en ce dimanche d'avril 1996, qu'il faut mettre le feu. J'aborde cette compétition comme une chance à part entière plutôt que comme une dernière chance. La pression et le stress sont des plats que je ne mange plus. Je m'élance sur la rampe comme un lion affamé qu'on lâcherait enfin dans l'arène pour se défouler. Je ne réussis pas tout, loin s'en faut. Des petites erreurs techniques émaillent mes deux *runs*. Mais c'est la satisfaction d'avoir poussé au bout mon talent naissant qui prédomine, une fois terminée la compétition où j'occupe finalement la cinquième place.

Au total, mon autocritique était plutôt bonne. Et les sponsors ont suivi. C'est ainsi que les choses ont commencé à basculer. Pendant quinze ans, je m'étais entraîné comme un fou, par passion, sans gagner un kopeck. Et voilà que le vent tourne. Le soir même, Jérôme Elbaz, le directeur commercial du fabricant Rollerblade, me propose un contrat de sponsoring pour entrer dans leur Team Europe, avec à la clef un salaire mensuel de deux mille marks. Pourquoi deux mille marks ? Parce que, me dit-il, tous les membres du Team doivent gagner un salaire identique pour éviter les tensions et les jalousies. Je trouve cette politique juste et saine. La proposition est très concrète : Jérôme Elbaz veut que je parte en tournée dès le lendemain matin en Allemagne. Le départ est si rapide que je m'envole sans avoir le temps de signer mon contrat. Deux mille marks mensuels, c'est bien plus que ce que rapporte le restaurant en une année. Je n'en reviens pas qu'on me paie pour réaliser le rêve de ma vie. Je serais prêt à mettre la main à la poche pour participer à cette aventure, pour vivre, respirer roller vingt-quatre heures sur vingt-quatre.

Selon mes habitudes, je cherche à maîtriser les dossiers. Je pose beaucoup de questions à mes amis. Je finis par me rendre compte que deux mille marks, c'est une belle somme en effet, mais en deçà des prix du marché. Le Team européen de Rollerblade est alors composé de quatre champions qui représentent les quatre pays à plus fort potentiel commercial : un Suisse, Raphaël Sandoz, un Espagnol, Marcos Longares, un Allemand, Klaus Dieter Waltner (« K.D »), et moi-même. Je remplace le Français Toto Ghali. Je le connais déjà et le croise à Berlin, dans le cadre d'une exhibition. Toto n'a plus rien à perdre. Il me lâche tout sur la vie du Team et sur les inégalités salariales qui sonnent comme des injustices. Il m'apprend que Raphaël Sandoz et Marcos Longares sont de mèche entre eux pour dire qu'ils sont salariés à hauteur de deux mille marks alors que leur salaire réel est de deux mille sept cents marks. Cette inégalité me révolte littéralement : et dire que le manager italien de l'époque s'est présenté comme le champion de la franchise et de l'honnêteté ! J'appelle le responsable de Rollerblade pour lui dire que je refuse sa proposition. Il est très surpris. Il y a un long moment de silence au téléphone. J'en rajoute une couche en lui demandant le double, soit quatre mille marks. Là, il me ressort son couplet sur l'égalité salariale entre les quatre champions.

À l'autre bout du téléphone, je suis une Cocotte-minute. Ça monte en pression, et nous nous quittons assez peu satisfaits. Le temps passe. Les exhibitions se multiplient. Ça me laisse le temps de démontrer mon sérieux et mon professionnalisme auprès des sponsors. Rollerblade appartenait à Benetton. Jérôme Elbaz me dit que la décision n'est plus de son ressort et que c'est le responsable Rollerblade chez Benetton qui tranchera. Surtout, il me dit que son jugement sera définitif. Il me rappelle et me communique le refus du boss en question. Je fais alors un coup de bluff énorme. Je dis : « Ce n'est pas grave, on ne fera pas affaire ensemble. » Je me tirais une balle dans le pied. J'en mourais d'envie. Et mes parents n'avaient plus un sou. Je raccroche, sûr et certain que le téléphone sonnera très vite. Cinq minutes plus tard, banco : Rollerblade valide trois mille huit cents marks. J'accepte avec un plaisir contenu. J'ai remporté mon bras de fer, grâce à l'appui de Jérôme Elbaz qui a cru en moi avant les autres. Je paraphe le contrat en juillet 1996. Je n'ai eu besoin de personne pour négocier.

Non seulement je réalise mon rêve de vivre de mon sport aux quatre coins du monde, mais je peux maintenant rendre à mes parents tous les sacrifices qu'ils ont faits pour moi. En deux ans, je réussis à rembourser leurs deux cent mille euros de dettes et à faire lever l'hypothèque sur l'appartement. Je suis également très heureux de pouvoir rembourser Esther et Ahmed. Mon argent était notre argent. Je ne me suis pas posé la question une seule seconde. Mes parents ont donc pu souffler un peu.

Au bout de deux ans cependant, Reda, mon père, supporte de moins en moins l'inactivité. En responsable de famille inquiet de l'avenir des siens, il est très dubitatif sur la viabilité du roller à long terme. Il a peur que je ne puisse pas sauver la famille éternellement. Il décide de monter un deuxième business. C'est sa deuxième erreur. Et comme je ne l'en dissuade pas, c'est également ma faute. J'étais trop jeune et trop happé par ma carrière sportive. Il décide d'ouvrir un magasin de rollers, allée Vivaldi dans le 12e. Il voulait surfer sur la vague de mon succès. Il venait de fermer un commerce pour en ouvrir un autre. Mais il était aussi piètre commerçant pour vendre des rollers que des menus. Mêmes causes, mêmes effets : après de très bons débuts, la boutique est devenue un vrai trou financier.

Après le restaurant, mon argent servait à éponger les pertes de la boutique de rollers. J'étais désabusé. Ce que je gagnais ici, je le reversais là. Mon père perdait pied. Il m'entraînait dans sa chute. C'est à cette époque que des tensions sont nées entre nous. Pas humainement bien sûr, car mon père est un mec en or. Mais j'ai commencé à faire entendre ma petite musique concernant le business. Et quand je n'étais pas d'accord, je le faisais désormais savoir. Ne pas fermer la boutique était une grave erreur. Je le disais à qui voulait l'entendre. Mais mon père restait inflexible. Il était dans une situation difficile psychologiquement. Céder était une façon de reconnaître son deuxième échec. Le bateau coulait. Mon père s'agrippait à la barre. Il s'accrochait à des espoirs vains. L'espoir de relancer la machine. L'espoir de trouver un acheteur capable d'acheter le fonds de commerce au prix fort. Mais il était aussi illusoire d'attendre un repreneur que la reprise.

Le problème, c'est que j'étais immergé dans mon sport. J'avais donc laissé les coudées franches à mon père. C'était le gérant. C'est lui qui avait la signature. C'est lui qui pour la deuxième fois a hypothéqué notre appartement. Là, ça ne pouvait plus durer. Au bout d'un moment, j'ai donc repris les affaires à mon propre compte. J'ai demandé à mon père de me transmettre la gérance, au terme d'un bras de fer assez traumatisant. J'ai entamé des pourparlers interminables avec les banques, signé des chèques à tour de bras. Pour obtenir le document officiel de la levée d'hypothèque, j'ai dû m'enfermer une fin de journée dans les locaux de la Bred, place de la Nation. Ils voulaient garder l'original dans leurs archives. Je leur ai dit : « Vous pouvez appeler la police, mais je ne sortirai pas sans ce papier… » C'était une prise d'otages. Les cadres quittaient la banque les uns après les autres. Je restais seul avec la direction… Et je suis au bout du compte sorti avec l'indispensable document officiel.

Ça n'a pas arrangé les choses avec mon père. L'enjeu dépassait la seule boutique de rollers et l'identité de celui qui en détenait les rênes. L'enjeu pour mon père, c'était surtout d'accepter de me laisser prendre la responsabilité financière de la famille. C'était de se faire déposséder de la charge qu'il assumait depuis quarante ans. C'était le toucher dans son orgueil d'homme et de père. Forcément, ce passage de témoin ne s'est pas déroulé sans heurts ni disputes très orageuses. Ma mère essayait de nous réconcilier et de nous rapprocher tant bien que mal. Mais elle faisait des ronds dans l'eau. Mon frère ne s'est pas mêlé au débat. Il savait que son propre salaire lui permettait à peine de subvenir à ses besoins… Mon père devait donc comprendre qu'il perdait seulement la gestion financière des intérêts de la famille. Il devait surtout comprendre qu'il restait mon père. Et surtout qu'il restait un bon père, le meilleur de tous, mon référent. La personne dont les conseils étaient les plus importants. Il devait juste accepter de laisser la relève à son fils de vingt-sept ans.

Quand mon père a admis la situation, il s'est senti déchargé d'un poids. Il était apaisé comme un nouveau-né. J'aurais dû prendre cette initiative plus tôt. Mais j'avais tellement mauvaise conscience de toucher à l'honneur de mon père… Il a fallu une autre énorme goutte d'eau pour que les choses s'assainissent durablement. Je possédais cent mille euros sur un compte à Monaco où j'ai longtemps été résident. Pour se refaire la cerise, mon père n'avait pas trouvé de meilleure solution que d'assécher ce compte pour investir la totalité de l'argent en Bourse sur une seule action. Mon père avait la signature sur mes comptes ; nous avions toujours vécu comme ça. Quand le banquier m'a appelé pour me dire que l'action baissait, je suis sorti de mes gonds. J'ai appelé mon père. Ç'a été une sacrée grosse dispute. Je lui ai lancé : « Reda, tu es un malade mental ! »

Il venait de vider mon compte sans m'en parler. Et s'il voulait mettre de l'argent en Bourse, il devait seulement investir 10 % ou 20 % du capital ! La terre se fissurait sous ses pieds, mais il refusait de bouger. Il ne voulait pas vendre les actions. Une nouvelle fois, il n'arrivait pas à assumer son erreur. J'ai dû vendre moi-même, en perdant quinze mille euros dans la transaction en quelques jours.

C'est parce que j'ai trop souffert d'assister impuissant aux galères de mes parents que j'ai voulu devenir un vrai homme d'affaires.

Mais avant de commencer à gérer mon image comme un business, il fallait être irréprochable sur les résultats. J'ai donc essayé d'aller au bout de ma carrière de sportif de haut niveau. J'ai remporté soixante-quinze victoires durant dix ans sur les cent quinze compétitions professionnelles auxquelles j'ai participé. J'ai également été sacré à trois reprises champion du monde de roller sur rampe. Ma vie, c'était entraînements, démonstrations – au moins cent par an –, compétitions aux quatre coins du monde chaque week-end. Il m'a fallu une année pour apprivoiser les rollers *in line* et comprendre le système, jauger la concurrence étrangère et appréhender l'aspect marketing de mon sport.

Rollerblade était organisé comme une écurie de Formule 1. Il y avait de vrais budgets, à l'époque, dans le roller. Nous avions des camps d'entraînement, un manager en charge de toute la logistique des déplacements et des relations avec les partenaires. L'univers des sponsors m'intéressait. Je cherchais à comprendre ce qu'ils attendaient de nous. Là où les autres *riders* faisaient la fête toute l'année, là où ils se prenaient pour des rock stars, je restais le plus sérieux, le plus professionnel possible, sûrement grâce à la responsabilité que je m'étais donnée vis-à-vis de ma famille.

J'étais un sportif sain. Lors de mes trente premières années, j'ai bu deux fois de l'alcool. La première fois, c'était en Grèce, à Ilia, le petit village de pêcheurs où nous passions nos vacances. J'avais dix-sept ans. J'avais rendez-vous avec une fille dont j'étais amoureux dans la petite ville la plus proche. Pour m'y rendre, il y avait huit kilomètres. Un jeu d'enfant en rollers, même si la route était escarpée. À l'aller, dans la nuit noire, j'ai dû échapper à une meute de chiens, qui sont les grands ennemis des pratiquants de roller devant l'Éternel. J'ai même dû attendre qu'une voiture arrive à ma hauteur pour éblouir les chiens avec ses phares. La voiture est néanmoins passée si vite que je me suis retrouvé face à face avec les cerbères. J'étais en descente, en équilibre sur un roller. J'essayais de donner des coups de pied aux chiens avec l'autre jambe. Prendre un verre avec cette fille, cela se méritait ! Je n'étais pas au bout de mes peines. Elle avait décidé de me faire boire. Pour elle, c'était probablement tout naturel : elle avait vingt-deux ans. Mais moi, du haut de mes dix-sept ans, c'était la première cuite de ma vie. Sur le chemin du retour, c'était virtuel. Je ne patinais pas, je volais. Je me concentrais sur la bande blanche au milieu de la chaussée. Heureusement, j'avais autant de chances de croiser une voiture sur cette route que des icebergs dans la Seine.

Ma seconde soirée alcoolisée, ce fut en 2001, à l'âge de vingt-six ans. Après ma victoire aux Gravity Games, une grande victoire, j'ai invité tous les *riders* à dîner. Nous étions une quarantaine dans un restaurant branché de Cleveland. Les bouteilles sont tombées comme à Gravelotte. Mon talent de magicien me permettait de renverser le contenu des verres sans que personne ne s'en aperçoive. Pour autant, j'ai néanmoins fini la nuit dans un état proche... de l'Ohio. Après, je n'ai pas bu une goutte d'alcool pendant cinq ans jusqu'à ce que Bianca, ma fiancée à l'époque, m'initie au plaisir du bon vin. L'alcool fort, ce n'était pas mon délire. Mon père n'a jamais consommé d'alcool et ma mère avait juste bu un peu durant sa jeunesse. Je n'ai jamais vu mes parents prendre un verre à table. L'alcool, ce n'était pas pour moi. Déjà, je n'aime pas le goût. Et, surtout, je n'aime pas perdre le contrôle. C'est pour cette raison que je n'ai jamais essayé la drogue. D'ailleurs, c'est sans doute le plus étonnant, on ne m'en a jamais proposé. Et comme mon père a longtemps été éducateur de prévention dans les quartiers difficiles, j'étais conscient des dégâts de l'addiction. Même la cigarette ne m'intéressait pas. C'est à peine si j'ai tiré une taffe au Trocadéro, quand j'étais ado. J'ai tellement toussé que je n'ai jamais renouvelé l'expérience. La soirée idéale pour moi, c'était de discuter toute la nuit avec des copains *riders* au sujet des figures qu'on tenterait le lendemain. Ce n'était pas boire ou fumer.

Je savais d'où je venais. Je restais donc les pieds sur terre. Boire, c'était se perdre. Perdre la réalité. La réalité, c'était mon sport et les dettes de mes parents qui m'obligeaient à amasser le plus d'argent possible. J'avais l'occasion de régler tous les problèmes matériels. Je ne devais pas laisser passer cette chance-là. Les problèmes financiers de mes parents m'avaient donné un excédent de maturité qui faisait ma différence et ma force. Si mon contexte personnel avait été différent, je me la serais joué sans doute rock star un peu aussi, comme les autres.

J'étais heureux, tout simplement heureux. Et comme mon rêve s'était envolé une première fois lorsque j'avais arrêté deux ans le roller, je mesurais encore davantage la chance que j'avais de vivre ces moments-là. Ce n'est que lorsque l'on perd quelque chose ou quelqu'un qu'on se rend compte de sa vraie valeur. Je me montrais souriant avec le public, disponible avec les partenaires, sérieux dans le sportif et dans l'extra-sportif. Cette attitude tapait dans l'œil des sponsors qui, les uns après les autres, ne tardaient pas à me proposer des contrats d'image.

En un an, entre septembre 1996 et septembre 1997, j'ai remporté vingt-trois succès en trente-deux compétitions. Et j'ai au moins terminé à chaque fois sur le podium. Certes, je conserve dans un coin de ma tête la première victoire de ma carrière, à Padova, en septembre 1996. Et je ne peux pas oublier ma première victoire à Bercy en avril 1997 avec mes parents et mes amis au premier rang dans les tribunes remplies comme un œuf du palais Omnisports. Reste que le vrai souvenir indélébile, c'est la Contest de Lausanne. C'était une compétition à nulle autre pareille, par son ambiance singulière et la qualité de ses participants. Dans le microcosme des *riders*, c'était la compétition la plus attendue. Celui qui s'imposait à Lausanne était considéré comme le champion du monde.

Champion du monde : ces trois mots résonnaient en moi comme un rêve inassouvi. Comme une réminiscence d'un passé pas encore dépassé. J'étais encore marqué par les événements malheureux de Münster, en Allemagne. Ce jour de 1991, j'avais ressenti une sorte de vent contraire si violent que je me demandais si je n'avais pas le mauvais œil. Y avait-il une malédiction ? Pourrais-je un jour être champion du monde ?

Août 1996. Sur la route de Lausanne, je me repasse évidemment en boucle toutes ces questions. Je n'ai pas la réponse. J'ai un début d'explication à l'entraînement, juste avant la finale. Je tente une figure révolutionnaire pour l'époque : le 900 degrés – partir de face, faire deux tours et demi sur soi-même et revenir de face. C'est la figure la plus difficile. À l'époque, personne ne la passait. J'étais encore le seul illuminé à la tenter. Je retombe lourdement sur la tête. Le casque explose. Mes cervicales sont touchées. Je ne peux plus bouger, ni les jambes, ni les bras. Mes muscles ne répondent plus. Rien ne fonctionne. Dans l'ambulance, il n'est plus question de titre mondial. Ni de gloire. Ni de reconnaissance. C'est de ma vie qu'il s'agit.

Il y a une chance sur deux que je termine paralysé. C'est assez troublant de se dire que sa vie dépend d'une pièce qui tombe ou non du mauvais côté. Une chance sur deux. Comme avec une fille. Soit elle veut. Soit elle ne veut pas. Là, le verdict tombe assez froidement. Les cervicales sont juste écrasées, contractées à la limite de la déchirure. En quelques heures, je recouvre la mobilité de mes membres. Mais il me faudra patienter douze mois avant de retenter le championnat du monde.

Août 1997. En arrivant en Suisse un an après ma première tentative, je sais que les options ne sont pas légion : soit je rate encore la figure diabolique, soit je la réussis et je suis sacré champion du monde… Je la récite comme dans un rêve. La malédiction était brisée. L'éventualité d'une issue tragique au 900 degrés que j'avais encore tenu à oser ne m'avait pas arrêté. Je ne me suis jamais encombré l'esprit avec ces questions de sécurité. L'accident peut aussi bien survenir en traversant une route qu'en faisant une figure périlleuse en haut d'une rampe.

Je suis champion de monde. Au retour de Lausanne, c'est Club Med ! Je n'ai pas le temps d'aller en vacances. Ce sont les responsables du Club qui m'ont demandé de donner des cours et de faire des démonstrations dans les villages. Mon enthousiasme a signé le début d'une longue collaboration avec cette entreprise qui est devenue par la suite un sponsor. En 1999 en effet, Philippe Bourguignon, le patron, a pensé à moi lorsqu'il a créé un Pro Team de sportifs. Aux côtés de Robert Teriitehau (surf), Umberto Pelizzari (apnée) ou Lise Vidal (planche à voile), je représenterai l'image du Club Med. Au-delà du contrat magnifique, j'étais terriblement fier d'avoir signé pour la première fois avec un partenaire étranger à la sphère étroite du roller. Il y avait aussi des avantages en nature, comme la possibilité d'aller dans tous les Club Med de la planète. À la limite, j'aurais pu vivre à l'année en Club Med…

Au lieu de cela je vivais surtout dans le stress, le regard toujours posé sur le rétroviseur. C'est que la concurrence pointait dangereusement le bout de son museau. Les figures commençaient à devenir de plus en plus difficiles. Et comme la nouvelle et jeune génération, au corps très élastique, n'avait pas froid aux yeux, la barre était placée de plus en plus haut. Pour rester au sommet, je devais absolument réussir une seconde fois le fameux 900 degrés. C'était une condition indispensable pour garder un matelas d'avance confortable sur la concurrence.

Le 900 degrés est une figure aussi technique que physique. À l'époque, je le répète, aucun *rider* ne la réussissait. Je l'avais essayée à l'entraînement une fois de plus et, une fois de plus, j'avais fini à l'hôpital. Je ne pouvais pas continuer à mettre ma vie en danger. Que faire ? Soit je prenais de plus en plus de risques, quitte à finir ma carrière sur une chaise roulante. Soit j'étais condamné à rentrer dans le rang et assister, impuissant, à l'avènement de nouveaux champions. Je devais réfléchir à une solution permettant d'assurer ma sécurité aux entraînements.

Dans une vie d'homme comme de sportif, il ne faut jamais se mentir. J'étais vraiment moins performant qu'avant. J'avais moins de marges sur les autres. Mes contrats étaient revus à la baisse. C'est à partir de là que mon père s'est inquiété plus que de raison et qu'il a ouvert la fameuse boutique de rollers. Je devais faire quelque chose.

À l'époque je vivais dans un *skatepark* en Allemagne, avec des amis *riders*. Je comprenais de plus en plus que je devais tout faire pour protéger ma santé. Un jour, j'ai trouvé le truc : inventer un Airbag géant qui épouserait la rampe. Le problème, c'est que c'est aussi difficile de garder une bonne idée qu'une jolie femme. Pour tenir ma langue, une seule solution : quitter l'Allemagne pour m'entraîner seul, loin des regards indiscrets et des caméras qui essayaient de traquer la chronique d'un sportif sur le déclin.

Je ne connaissais pas meilleur endroit pour être caché et s'entraîner heureux que la Grèce. Aux premières lueurs de l'année 1998, je m'isole à Ilia, dans le petit village de pêcheurs qui accueillait tous mes étés avec mes parents.

Cent cinquante habitants au milieu de nulle part : c'était parfait pour établir mon camp d'entraînement. En fait, je ne m'étais jamais entraîné à Paris. La région Île-de-France possédait une seule rampe à Ivry avant qu'elle ne fût démontée – sans regret, car elle ne correspondait pas à mes besoins. En 1996, je m'étais entraîné en Belgique. Je faisais l'aller-retour quotidien, en Thalys, Paris-Bruxelles. Ce n'était pas la meilleure solution non plus…

Les trajets étaient incompatibles avec les plages de récupération dont j'avais besoin. C'est ainsi qu'en 1997, j'ai pris la direction de l'Allemagne. Je connaissais le propriétaire d'un énorme *skatepark* qui possédait de surcroît un appartement sur place. Flanqué d'un copain hollandais, Jerry Bekkers, et d'un Espagnol, Javier Bujanda, j'ai réussi à le convaincre de nous louer gracieusement le *skatepark* et l'appartement. Notre présence faisait de la publicité autour du *skatepark* et créait des animations. C'était un accord gagnant-gagnant. Le *skatepark* était situé à Essen, ville industrielle sans charme traversée par le Neckar, au sud-est de Stuttgart. Les conditions étaient parfaites pour se préparer. Mais l'ennui était total. Pour quêter un peu de vie et de chaleur, il fallait faire vingt minutes de voiture jusqu'à Stuttgart. Les démonstrations et les compétitions étaient notre seul bol d'air. Pour tuer le temps, je m'entraînais à la salsa devant le miroir, au plus grand étonnement de Javier et Jerry – chose assez cocasse, Jerry est aujourd'hui danseur de salsa professionnel en Hollande… Quoi qu'il en soit, au bout d'un an, c'était devenu trop glauque. Un bon entraînement, c'est aussi celui qui permet de passer en mode amusement. Nous étions au bord de la dépression. Les parties de Mario Kart étaient notre unique loisir…

Nous avons donc fini par quitter l'Allemagne. Je l'ai dit, je voulais m'entraîner seul, à l'abri des regards. Le problème, c'est qu'il fallait passer à la caisse pour investir dans sa propre rampe. Je connaissais néanmoins suffisamment les sociétés spécialisées pour être confiant à l'instant d'aborder la discussion financière. C'est avec un fabricant allemand que je négocie la rampe la moins chère. Le prix de ma liberté, c'est quarante mille marks. C'est beaucoup et peu à la fois. La rampe était livrée en pièces détachées et se montait comme un puzzle. Il fallait quinze jours pour recevoir la commande. C'était le temps nécessaire pour trouver un terrain à Ilia. Il fallait davantage qu'un petit pré carré pour installer mon terrain d'entraînement car, une fois montée, la rampe faisait quinze mètres de long, douze de large et cinq de haut. J'ai eu deux surprises : la livraison a pris trois semaines de retard et les pièces détachées sont arrivées non seulement sans mode d'emploi, mais en plus avec des pièces manquantes. Heureusement que ma mère était avec moi, dans sa famille, en Grèce. En travaillant jour et nuit, à la force de ses mains, deux semaines durant, Aléka a suscité mon admiration par son courage et son abnégation. Monter une telle rampe géante, c'était un vrai labeur physique. Il fallait égaliser la terre, porter des pièces très lourdes. Monter, démonter, remonter… C'est un souvenir de ma mère que je garderai toute ma vie.

Nous n'étions pas au bout de nos peines. Nous avions loué le terrain à une vieille dame malade. Elle passait ses journées alitée. Le problème, ce n'était pas son handicap, c'était son mari. Il était fou et alcoolique. Il m'avait harcelé pour que je lui remette le loyer en main propre, en liquide, afin de vider les bars du village. J'avais refusé catégoriquement, par égard pour la propriétaire. Du coup, le vieil homme m'a fait vivre l'enfer. Quand il était ivre – c'est-à-dire très régulièrement –, il pratiquait son sport préféré : le taillage de rampe à la hache. Ça, c'était quand il avait l'alcool joyeux. Quand il avait l'alcool mauvais, il me poursuivait avec sa hache pour me faire la peau et me couper en rondelles.

À Ilia, j'étais devenu l'attraction du village. Les personnes âgées du coin, qui pour la plupart n'avaient pas la télé chez elles, me prenaient pour un extraterrestre. Quand elles me voyaient en haut de la rampe, elles se signaient et partaient en courant. Pour les enfants du village, c'était l'aire de jeux. Ils prenaient leur élan et se jetaient dans l'Airbag comme dans une piscine à balles. Parfois, il y avait tellement de monde que je n'arrivais pas à m'entraîner. J'avais apporté beaucoup de paire de rollers pour faire le bonheur des enfants. Du coup, tous les gamins m'imitaient. Ilia était devenu la capitale mondiale du roller. C'était un grand bol d'air pur pour moi. Je déconnectais du monde de l'argent, des médias, de la reconnaissance, de la frime.

J'étais au lit à 20 heures et debout à 7. Le plus important, c'est que j'ai beaucoup progressé. L'Airbag me permettait de conserver une longueur d'avance sur la concurrence, notamment dans le domaine de la créativité et la difficulté des sauts. Chaque année, je sortais une nouvelle figure de mon chapeau. En 2001, je suis même devenu le premier *rider* de tous les temps à réussir un double *backflip* (double rotation arrière) en compétition.

Autant de succès donnait des idées aux businessmen. J'ai ainsi inspiré le premier jeu vidéo de roller *Aggressive Inline*, dans lequel il s'agit de rider sur une rampe. À l'évidence, le choix de m'installer en Grèce avait été un choix très positif. J'avais réussi à me relancer et à revaloriser ma carrière. Avec Rollerblade, j'ai signé le plus beau contrat de ma vie. Je suis allé à Trévise le négocier directement avec Lucia Benetton, la fille de Luciano. On négocie toujours mieux avec le Bon Dieu qu'avec ses saints. J'ai obtenu quatre-vingt-dix mille euros de salaire annuel, quatre-vingt mille euros de primes, mille euros d'argent de poche par semaine et cinq cents euros de prime pour chaque démonstration. À cela, j'avais ajouté une prime spéciale médias : chaque fois que ma photo figurait dans la presse avec le logo Rollerblade, je touchais cinq cents euros. Quelques mois plus tard, on bouffait du Taïg Khris dans tous les magazines. Benetton donnait deux millions d'euros par an au champion du monde de Formule 1, un million d'euros par an au champion du monde de tennis. Il pouvait bien donner cent soixante-dix mille euros par an au champion du monde de roller…

La vérité d'un jour n'est pas celle du lendemain. J'étais pris au piège de mes résultats.

En 2001, j'ai remporté successivement les X Games, les Gravity Games, le championnat du monde, Bercy, les European X-Games et le World Team Challenge. C'était trop pour Benetton qui n'a pas voulu payer les primes. J'avais deux options : soit m'asseoir sur les quatre-vingt mille euros de prime, soit attaquer Benetton en justice. En paraphant le contrat le plus juteux de ma carrière, j'avais approuvé un alinéa qui n'avait pas attiré mon attention : en cas de désaccord juridique, il fallait attaquer Benetton dans la ville natale de Luciano, à Trévise. La moitié de la ville appartenait à Luciano Benetton ! Cela ne servait à rien de prendre un avocat italien, sauf à avoir envie de perdre du temps et de l'argent. On ne peut pas gagner à chaque coup.

Dans le sport de haut niveau comme dans la vie en général, on ne peut jamais s'endormir sur ses lauriers. Je dois juste m'adapter à la concurrence. Là, ce sont les Américains qui se sont adaptés à moi. Afin de développer les sports extrêmes, ils ont créé en annexe du camp de gymnastique de l'équipe américaine un *skatepark* géant, appelé Woodward Camp, en Pennsylvanie. Sur des dizaines d'hectares, des rampes géantes, des bacs à mousse, des trampolines et des piscines ont poussé comme des champignons. Ils ont également inventé un système pour sécuriser l'entraînement des *riders*. Mon avance fondait comme de la neige en

Grèce. Après deux années passées en Grèce, je décide de rentrer à Paris. Ilia offrait les inconvénients de ses avantages. C'était loin de tout, idéal pour déconnecter et s'entraîner, mais handicapant pour tout le reste. Quand je rentrais d'une compétition aux États-Unis, je faisais New York-Paris puis Paris-Athènes. Depuis la capitale de la Grèce, je faisais trois heures de bus, autant en bateau avant de prendre un petit taxi pour arriver à Ilia. Pour un week-end, ça faisait court !

À Ilia, plus exactement à Athènes, j'avais une copine depuis plus d'un an. Elle m'offrait la stabilité dont je manquais alors. Partir, c'était aussi la perdre. Je la connaissais depuis l'âge de huit ans. Notre histoire était belle et pure. Surtout, elle me permettait d'oublier ma précédente relation avec une animatrice de télévision italienne qui était schizophrène. Elle se croyait traquée par des agents secrets. Nous nous étions séparés quand elle m'avait posé un lapin à Milan, probablement pour semer ses poursuivants imaginaires… Décidément, je n'avais pas beaucoup de chance avec mes conquêtes féminines. Je ne sortais qu'avec des filles un peu folles. Peut-être étais-je inconsciemment attiré par ce genre de femmes. Plus tard, j'ai rencontré une fille qui a mis le feu à mon bureau quand je l'ai quittée. Elle aurait pu saccager tout l'immeuble de façon préméditée ! J'ai même eu l'impression très nette qu'elle m'avait fait mettre sur écoutes. Cette relation, sulfureuse et orageuse, a sérieusement perturbé ma carrière…

J'ai dû bien sûr rapatrier la rampe géante d'Ilia, à Champigny-sur-Marne où mon père et Ahmed m'avaient déniché une sorte de hangar à louer. Je n'ai pas eu plus de chance qu'avec le propriétaire d'Ilia. Cet homme était aussi spécial que le loueur grec. Il m'en a fait voir de toutes les couleurs. Dès qu'il avait un problème d'argent, il criait misère pour augmenter le loyer. Le hangar faisait trois mille mètres carrés. J'avais vraiment besoin de cet espace pour accueillir la grande rampe et tout un tas de matériel. Bref, il était spacieux mais il ne disposait pas d'une sécurité adaptée à mes besoins. Un jour le propriétaire mettait toutes mes affaires en dehors du hangar, un jour le hangar était visité et braqué… Je me suis fait voler tout le stock de rollers que j'avais rapatrié de la boutique du 12e. Dans la cité voisine, le moindre gamin s'amusait comme un fou avec mes patins. C'était comique. La police a essayé d'intervenir mais on ne pouvait quand même pas enlever son jouet à un enfant…

Le businessman sommeillait en moi. J'étais toujours un sportif de haut niveau centré sur sa performance et sa santé physique. Mais j'accumulais les accidents et les blessures, une série noire qui donnait à réfléchir : que ferais-je après le roller ? Et s'il était temps de me reconvertir ? Ne pas y songer aurait été de l'inconscience. J'avais une immense rampe qui ne servait à rien. J'ai donc créé une structure d'événementiel, Taïg Khris Events, pour la louer et commencer à éponger les dettes du magasin de rollers. J'avais également investi dans l'acquisition d'un *quarter pipe*, un quart de tube de six mètres dix de haut. C'était un tremplin qui permettait d'effectuer des figures en l'air. Dans un coin de ma tête, j'envisageais, pour la première fois, la possibilité de fabriquer des records fabuleux. D'ailleurs, c'est en essayant le *quarter pipe*, au début du mois de juillet 2002, que j'ai eu l'un de mes accidents les plus graves. Comme un signe du destin pour me dire que les arbres ne montent pas jusqu'au ciel et qu'une carrière ne dure pas toute une vie. Dans le jargon des *riders*, on appelle ça une belle gaufre. Elle a failli me coûter très cher. Je me suis relevé avec une subluxation à l'épaule : je m'étais distendu les ligaments et je pouvais me déboîter l'épaule à n'importe quel moment…

Il eût été sage d'accepter de me faire opérer, ainsi que me le conseillaient les médecins. C'était impensable. Quelques jours plus tard, j'avais un rendez-vous d'une importance capitale : les Gravity Games à Cleveland. Les Gravity Games étaient une vraie balise dans la saison, tant par l'ambiance musicale que par la renommée internationale de la compétition retransmise en direct sur NBC. J'avais organisé tout mon calendrier pour être à mon meilleur niveau ce jour-là. Surtout, je préparais une figure diabolique pour cette immense compétition : le double *flatspin* (double saut périlleux en prenant la forme d'un tire-bouchon). C'était la figure la plus ardue de ma carrière. Personne ne l'avait réalisée, ni en snowboard, ni en ski, ni en skateboard, ni en BMX (vélo acrobatique). Pis, personne ne l'avait tentée. J'avais enchaîné deux mille essais à l'entraînement avant de l'accomplir. Un double *flatspin* réussi – le premier de l'histoire des sports extrêmes – à Cleveland et c'était l'assurance de triompher. De marquer l'histoire des sports extrêmes ! Le hic, c'est que, je l'ai dit, mon épaule risquait de se déboîter à tout moment. Quand je suis arrivé dans l'Ohio, la pression était palpable. Cleveland bruissait d'une rumeur que la presse cultivait : je préparais une grande surprise. Une grande surprise ? Moi, je priais juste pour que mon épaule ne me lâche pas. Le jour J, à l'instant de m'élancer dans l'enchaînement final des

Gravity Games, je prends soin de mon épaule mais c'est mon genou qui ne répond plus à la réception d'une figure très basique. Dès l'instant où je me relance dans la rampe, je sais que je viens de me rompre les ligaments croisés du genou droit.

Avec mon genou aussi stable qu'une porte de saloon, je remonte en haut de la rampe pour offrir mon spectacle au public. Je veux être le premier homme au monde à réussir un double *flatspin*. Le public américain est là pour ça. Il est au diapason de la musique : électrique. Je m'élance. Aucune surprise : je flingue la tentative. Pire, je me réceptionne sur la tête. Je me relève instantanément. Je cours, en transe. Stupeur dans le public : je remonte une nouvelle fois, comme un automate, plus par réflexe ou pour l'honneur que par défi. Tel un kamikaze, je me rue avec le regard embrumé. Je n'arrive plus à distinguer la musique des encouragements. Je m'ébranle, avec une épaule en moins et un genou en moins. Je passe la figure comme à la l'entraînement, lors de mes plus beaux essais. Je dois me pincer à la réception pour me prouver que je ne rêve pas. Le public est debout. Certes, j'ai raté les Gravity Games car j'ai échoué au pied du podium, à la quatrième place. Certes, j'ai un genou en caoutchouc. Mais, à cet instant, peu m'importe. Je suis le plus heureux du monde, je me suis dépassé, et je resterai à jamais le premier sportif de l'extrême à avoir réussi le double *flatspin.*

Je m'étais senti invulnérable. J'avais été pris d'une forme d'ivresse, comme un homme ivre qui tombe sans sentir la douleur. Je ne voyais plus le risque. Je ne voyais que le public. Mon unique moteur, c'était lui. C'était pour lui que je trouvais la force et peut-être l'inconscience de remonter en haut de la rampe. Juste pour le public et pas pour la gloire ou l'argent, comme certains peuvent le penser. Pour la passion aussi qui ne m'a jamais quitté depuis mes premiers pas en rollers au Trocadéro. Dans le passé, lors de la saison 1999, je m'étais cassé une côte avant la finale du World Team Challenge (le championnat par équipes). Là aussi, je m'étais persuadé qu'il était possible d'oublier la douleur pendant cinquante secondes. Et c'est exactement ce que j'avais fait.

La douleur ne m'oublie pas, en tout cas. Elle se rappelle à mon bon souvenir dans l'avion du retour où ma jambe double de volume. En revenant des Gravity Games, je ne me rends pas chez moi. Je prends la direction de la clinique du Sport où les médecins sont formels : impossible de ne pas passer sur la table d'opération. Et interdiction formelle de participer aux X Games la semaine suivante, à L.A., en Californie. Les médecins sont unanimes sur les dangers que présenterait une telle aventure. Je n'écoute personne. Organisés chaque année, les

X Games sont le nec plus ultra des jeux extrêmes. Il est hors de question de ne pas y aller.

Cet été-là, à l'instant de débuter la compétition, je sais que ma jambe peut se broyer à tout moment. Je dois impérativement contracter mes muscles à chaque réception. Je parviens à me qualifier à la deuxième place, pour la finale, mais je suis conscient que mon corps risque de dire stop, et que le double *flatspin* que j'ai prévu restera un beau rêve. Brusquement je me rends compte que ce n'est pas un jeu. Un accident peut vraiment m'abîmer sérieusement. À contrecœur, je prends donc la décision la plus sage : abandonner. « Abandonner » est un mot qui, jusque-là, ne figurait pas dans mon dictionnaire intime. Tout arrive…

Mon retour à Paris me conduit directement en salle d'opération. Avec à la clé une double intervention (épaule et genou) et, cerise sur le gâteau, une rééducation de six mois qui sonne comme une pause brutale dans ma progression. Là, je ne me pousse pas à rebondir, à profiter de mon inactivité forcée pour créer quoi que ce soit. Je me laisse porter gentiment, attendant que mon corps se rafistole. Les sponsors continuent évidemment à me payer. Ils font un peu la tête. Mais c'est la loi du genre. Une année plus tard, douze mois de galères et de béquilles, revoilà les X Games. La boucle est bouclée. C'est un bel événement pour s'offrir une seconde naissance. Je reviens à la vie dans le plus beau des décors, en 2003. Je profite du célèbre rendez-vous de Los Angeles pour renouer avec la compétition. Je finis à la plus mauvaise place : la quatrième. Je sors du podium. Ce que je n'ai jamais aimé. Mais je détiens la preuve que je ne suis pas dépassé, malgré une année sans activité. Si je suis au pied du podium, c'est seulement parce que je manque d'automatismes pour placer des figures innovantes.

C'est regonflé à bloc que je replonge dans mon quotidien d'entraînements, de performances et de nouvelles figures. Quatre jours après mon retour de Californie, je suis à nouveau frappé par le destin. À la réception d'une figure, je me vrille la jambe gauche dans les cartons qui servent à délimiter les contours de l'Airbag. Les ligaments croisés ont encore rendu l'âme – ceux de l'autre genou cette fois. Cela fait beaucoup pour un seul homme, surtout pour un sportif. Cette fois, je réfléchis vraiment. Est-ce que j'ai la scoumoune ? Est-ce que je suis réellement fragile ? Un peu des deux sans doute. En tout cas, cette fois, les sponsors réagissent sans attendre : au mieux, ils baissent les contrats dans des proportions inquiétantes. Au pire, ils ne les renouvellent pas. Et comme beaucoup de contrats arrivent à échéance, mon avenir s'obscurcit vraiment.

Tout s'effondre sous mes pieds : plus de sponsors et un magasin de patins déficitaire. Il y a surtout des signes à déchiffrer. Et ces signes me disent que je suis au crépuscule de mon aventure sportive. Je ne peux plus rester les bras croisés, à attendre sagement que ma jambe se recolle. Je dois me bouger, trouver une issue de secours pour ne plus être à la merci d'un accident physique. Bref, jusque-là je pensais compétition et figures matin, midi et soir. Mais je vais devoir me trouver une autre obsession.

CHAPITRE 3

Casquette : chef d'entreprise

La reconversion, pour un sportif, c'est un peu comme la quadrature du cercle : un problème plus qu'épineux. Pour ma part, je n'avais ni le choix d'y réfléchir, ni le temps. Opéré des ligaments croisés du genou pour la seconde fois en un an lors de l'été 2002, je me retrouvais à l'intersection de ma vie – là où s'arrête le sport, là où commence autre chose. À un moment charnière comme celui-là, on se demande forcément si la bouteille est à moitié vide ou à moitié pleine. Côté palmarès, la bouteille était pleine. Côté bas de laine, la bouteille était très vide. Oublié par les sponsors, plombé par les dettes du magasin de rollers, je pouvais tenir cinq ou six mois sans travailler, un an en me serrant vraiment la ceinture.

Je m'étais fait opérer à Lyon. L'opération s'était parfaitement déroulée. Quelques heures après mon réveil, je prends la direction du centre de rééducation de Hauteville, dans l'Ain. Situé sur le plateau du Bugey, Hauteville offre un cadre apaisant avec une végétation généreuse, des paysages variés, un air aussi pur que la réputation du centre de rééducation est grande. Les footballeurs et les skieurs les plus réputés de la planète sont passés par là, dans ce royaume de la seconde chance pour les genoux. Au-delà d'un genou beau comme un sou neuf, j'ai besoin d'un cerveau vif comme l'éclair pour prendre ma décision. Ma première idée tourne autour de la création d'une ligne de vêtements. Cette idée a l'unique mérite d'être la première. Je l'abandonne assez rapidement. La deuxième idée est la bonne. Instantanément, elle balaie la première de mon esprit : créer une gamme de papeterie à mon effigie. Cela existe pour les joueurs de football ou les grandes marques. Enthousiaste, je cherche sur Internet les coordonnées des sociétés qui éditent ce genre de produits et créent des licences. Mais je ne suis pas assez connu, et de toute façon ces sociétés-là investissent davantage sur un sport que sur un sportif. Le roller fait moins vendre que le foot. C'est un « non » généralisé. Quand on me dit « non », je n'entends pas « non », j'entends « oui, peut-être ».

Sur mon lit d'hôpital, à Hauteville, je ne renonce pas. Je prends mon téléphone. Je compose les renseignements. Je demande à l'opératrice de me mettre en liaison avec la centrale d'achats de Carrefour. Au standard, je fais des pieds et des mains pour parler à l'acheteur national des gammes de papeterie. Coup de chance : il est disponible. Je me jette à l'eau : « Bonjour, je suis champion de roller, j'aimerais vous présenter ma collection. » Sceptique au départ, le responsable accepte de me recevoir. Le seul problème est celui du délai. La collection 2004 doit être bouclée dans un mois. On convient d'un rendez-vous trois semaines plus tard afin qu'il juge ma collection. Ce qu'il ignore, c'est qu'il n'y a pas de collection Taïg Khris. Et la liste de mes handicaps lui donnerait froid dans le dos : je ne connais rien à la papeterie ni au graphisme, je n'ai aucune relation dans ce secteur, je n'ai pas beaucoup d'argent, je suis seul, je viens tout juste de me faire opérer et, j'oubliais, je suis à six cents kilomètres de Paris… Peu importe, j'ai un rendez-vous, des espoirs, il ne m'en faut pas davantage pour me persuader que j'ai toutes les chances de réussir. J'ai la fâcheuse habitude d'imaginer tout en grand. C'est une qualité et un défaut.

J'ai vingt jours pour devenir businessman en gammes de papeterie. Vingt jours pour changer de vie. Je ne perds pas une seule seconde. Je débranche le mode sommeil. La première nuit, j'appelle tous les photographes croisés aux quatre coins du monde sur les compétitions de roller : j'ai besoin d'images décapantes pour illustrer les agendas. Je contacte certains de mes sponsors qui travaillent dans la grande distribution. Je demande aussi aux amis qui maîtrisent les logiciels de graphisme de m'aider. Faire du graphisme, ce n'est déjà pas évident. Mais faire du graphisme au téléphone, ça relève presque de la psychiatrie ! Je fais la rééducation avec un téléphone greffé à l'oreille. J'enquête pour comprendre le monde de la grande distribution, celui des marges avant, des marges arrière. Je fais le design des agendas pendant la nuit. Quand l'ordinateur peine à enregistrer mes fichiers, j'en profite pour fermer les yeux quelques minutes. Je fais du collage, du découpage pour avoir une idée du résultat final.

J'ai suivi ce rythme démentiel pendant dix jours. À ma sortie du centre de rééducation, je ne suis pas rentré à Paris. J'ai pris mes béquilles, mon ordinateur et mes dossiers sous le bras, et je suis allé visiter les sociétés que j'avais contactées. J'étais fin prêt pour affronter l'acheteur de Carrefour, à la centrale d'Évry, dans l'Essonne. Comme on masque une blessure avant une grande compétition, je laisse les béquilles dans le coffre de ma voiture avant de me rendre à ce rendez-vous ô combien capital. J'utilise les techniques de détournement d'attention apprises quand je pratiquais la magie pour que l'acheteur ne s'aperçoive pas que je boite : j'agite les mains plus que de raison afin qu'il ne regarde pas mes jambes. On vit dans un monde d'apparences. Et le monde du business n'a que faire d'un homme diminué, quand bien même il fut un grand sportif. Ce qu'on aime dans les héros de guerre, ce n'est pas qu'ils aient fait la guerre, c'est qu'ils en soient sortis sains et saufs.

La seule pomme de discorde lors de ce premier rendez-vous est ma société, jeune et non référencée. C'est en tout cas ce que me dit le directeur des achats nationaux de papeterie : il est intéressé, seulement ma société n'a pas assez d'ancienneté pour lui. En vérité, la société n'existe même pas ! Il me propose de vendre ma licence à Carrefour et de faire le business par leur intermédiaire. Comme pour ma première négociation avec Rollerblade, je mets une énorme pression sur mon interlocuteur : s'il veut travailler avec moi, c'est à mes conditions – indépendant et sans contrat d'exclusivité avec Carrefour. Comme le directeur commercial de Rollerblade, le responsable de la centrale d'achats de Carrefour cède à mes demandes. Pour mes débuts dans l'univers de la grande distribution, je serai donc référencé chez Carrefour. C'est comme faire son premier concert à l'Olympia.

Mon coup d'essai me donne des ailes. J'appelle toutes les centrales d'achats du marché. J'obtiens un rendez-vous chez Casino, à Marne-la-Vallée. Sentant la bonne affaire, puisque Carrefour est dans la boucle, Casino dit banco. Pendant ce temps-là, j'enregistre les statuts de la société à la chambre du commerce, derrière les jardins des Halles, dans le Ventre de Paris. Entre Carrefour et Casino, je reçois cent cinquante mille commandes fermes pour un chiffre d'affaires estimé la première année à deux cent vingt mille euros. Ce sont les sociétés de grande distribution qui m'achètent la marchandise. Si elles n'arrivent pas à l'écouler, elles assumeront le manque à gagner. J'ai deux cent vingt mille euros de marchandises prévendues. Mais je n'ai plus d'argent et je dois produire la marchandise pendant six mois, sachant que je ne serai pas payé avant huit mois. Je fais des calculs rapides. Il me faut cent cinquante mille euros d'investissement. Avant de taper à la porte des banques, j'appelle mon ami Philippe Bourguignon, l'ancien P-DG du Club Méditerranée. Je lui présente le projet. Il accroche très vite. Il croit en moi. Il me fait un chèque de cinquante mille euros tout de suite. Il y a des personnes qui croient en vous mais qui, pour sortir l'argent, engagent des négociations à n'en plus finir avec des maux de tête à la clef et des gouttes qui perlent sur le front. Philippe ne fait pas partie de ces gens-là. Il fait partie de ceux qui parlent peu. Et qui agissent beaucoup. En contrepartie, je lui cède des parts de ma société.

Le chèque de Philippe en poche, les carnets de commandes de Carrefour et Casino en main, je fais la tournée des banques. C'est un vrai parcours du combattant. Les banques sont très frileuses. Elles redoutent le manque d'expérience de ma société. Et puis, Carrefour et Casino s'engageaient mais posaient beaucoup de réserves sur la qualité des agendas. Il faut dire que les contrats sont aussi épais que le Bottin. S'il fallait lire les centaines de pages pour discuter point par point avec les juristes de Carrefour ou Casino, j'aurais été prêt à sortir mes agendas en 2020... Finalement, j'arrive à convaincre un banquier en injectant un petit apport personnel.

Je prends des bureaux à proximité du magasin de rollers tenu par mon père, dans le 12e arrondissement de Paris. L'aventure débute. Mon père m'aide comme il le peut. Mais je veux être autonome. Mon quotidien est fait de graphismes, de business plans, de gestion avec les banques. J'apprends, j'apprends, toujours et encore, et chaque jour j'ajoute une nouvelle corde à mon arc.

Apprendre est un authentique plaisir. Apprendre tout et n'importe quoi, un nouveau programme, découvrir un nouveau logiciel, c'est une vraie passion. C'est aussi une preuve d'intelligence à long terme. Si je m'étais contenté toutes ces années de ne m'intéresser qu'au roller et de ne vivre que dans le monde des *riders*, non seulement je me serais ennuyé, mais je n'aurais probablement pas eu la force de rebondir dans l'univers du business. J'ai essayé d'apprendre au contact de toutes les personnes que j'ai croisées. Je me suis intéressé à elles et à leur métier. Au fil du temps, j'ai acquis des connaissances en marketing, en gestion, en juridique… Sans m'en apercevoir, je suis devenu multifonctions.

Ce dont je suis sûr, c'est que je ne m'ennuierai jamais. Quand j'arrêterai définitivement le roller acrobatique, j'apprendrai des programmes de musique, le chant, l'écriture de scripts, le dessin, je monterai encore des sociétés… Le meilleur moyen d'avancer, c'est d'avancer de façon ludique et agréable. Il faut toujours essayer de trouver du plaisir dans les projets. Par exemple, la comptabilité d'une société, c'est vraiment quelque chose qui peut paraître ennuyeux. Pour gérer ma société de papeterie, j'ai appris, des semaines durant, des programmes Excel afin de faire des tableurs très compliqués à partir de calculs complètement fous. Force est de constater que c'est assez jouissif. C'est toujours plus facile de s'amuser quand on a un objectif concret. Apprendre pour apprendre, ça peut évidemment être insipide.

Le lancement de ma société de papeterie coïncide avec une période de mon existence où je brûle la vie par les deux bouts. Ma carrière étant entre parenthèses à cause de ma blessure au genou, je m'autorise davantage de folies et de sorties. Généralement, quand on ne fait pas les choses à l'âge où on aurait dû les faire, on les fait avec plus d'excès, donc moins bien. Ce que je n'avais pas vécu à vingt ans, je le vivais à trente. Cette période n'a pas duré longtemps. En tout cas, sans perdre les pédales, je délirais dans les grandes largeurs.

Car au fond de moi, j'avais peur. Autant je n'avais jamais envisagé la défaite dans ma carrière de roller, autant je craignais le pire dans ce premier business avec la grande distribution. Et si la gamme de papeterie ne se vendait pas ? Cette question me hantait. Si ça ne marchait pas, je n'aurais pas d'autre option que de déposer le bilan dès la deuxième année. Pour m'éviter un stress toxique, il me fallait une solution de repli, un plan B. Il me fallait la licence d'un autre sportif. Un matin, le nom de Tony Parker a sonné en moi comme une évidence. Tony était une vraie star du basket américain. Il venait de connaître la consécration en devenant le premier Français champion de NBA avec les San Antonio Spurs. Son image et son sport correspondaient à ma cible. Il n'était pas encore marié avec Eva Longoria mais il avait déjà enfilé les habits de star internationale en dehors des frontières déjà gigantesques de son sport. Il était populaire chez les petits et chez les grands. C'étaient les petits qui m'intéressaient mais c'étaient les grands qui faisaient les chèques. Je ne connaissais pas personnellement Tony Parker. C'est mon ami Serge Kotchounian qui me met en relation avec son agent. Serge est mon vrai parrain, et un personnage incontournable du football français et de la télé : proche de Zinedine Zidane, il est aussi l'agent d'Arsène Wenger après avoir été celui de Lilian Thuram. Il a le bras aussi long que son cœur est grand. Encore une fois, il m'ouvre très généreusement son carnet d'adresses. Je parviens à convaincre l'agent du basketteur et à acheter en exclusivité le nom de Tony Parker pour les gammes de papeterie en France.

Comme mon genou va beaucoup mieux, je reprends aussi l'entraînement afin de préparer les échéances de l'été. Déjà très chargé, mon emploi du temps est également pris par du consulting télé. La production de l'émission « L'Été de tous les records » sur France 3 m'a en effet proposé de travailler avec elle sur la préparation du programme, car elle envisage de consacrer une large partie de l'antenne aux sports extrêmes. Lors de la préparation d'une émission test, les producteurs ont, semble-t-il, été surpris par mon efficacité au micro. En fait, agacé par la médiatisation outrancière des footballeurs et des tennismen, j'avais toujours travaillé mes interviews en essayant d'être meilleur que ces sportifs reconnus : je me préparais sans le savoir au métier de présentateur télé. Au final, France 3 m'a proposé de tenir une chronique dans l'émission. L'été 2003 serait donc l'été le plus chargé et le plus diversifié de ma vie. Je multipliais les casquettes. Je portais en permanence celle de chef d'entreprise car il fallait placer la gamme de papeterie à mon effigie en juin. Il fallait également travailler sur ma collection suivante ainsi que sur celle de Tony Parker, que je devais présenter en septembre. Il y avait, le week-end, la casquette du champion de haut niveau, puisque l'été 2003 marquait mon retour à la compétition. Enfin, en semaine, je prenais la casquette de présentateur télé, vu que l'émission était diffusée quotidiennement, tout l'été, durant sept semaines. C'était riche. C'était une expérience fabuleuse.

La bonne nouvelle, c'est que ma gamme de papeterie a explosé, au point de représenter pour moi un formidable moyen de communication. Je vendais à mes sponsors des pages de publicité. À travers mes agendas, ils avaient la possibilité de cibler directement deux cent mille enfants. Quand je négociais un contrat de partenariat pour ma saison de roller, je n'oubliais jamais de dire que leur logo figurerait dans les agendas à mon effigie. C'était une merveilleuse valeur marchande de négociation. Mon ambition sportive se limitait désormais à participer aux deux ou trois plus grandes compétitions de la saison et de bien y figurer, afin de rester un champion dans l'imaginaire des gens.

Ma gamme de papeterie s'est écoulée en totalité. La société grandit. De deux cent vingt mille euros de chiffre d'affaires la première année, elle passe à trois cent trente mille euros la seconde. Les relations se durcissent avec mon père qui imagine que les gammes de papeterie vont devenir la vache à lait du magasin de rollers. La troisième année, j'atteins un million deux cent mille euros de chiffre d'affaires sans employé et avec les deux mêmes espaces de distribution, Carrefour et Casino. Je continue à faire le design moi-même et à assurer tous les rendez-vous avec les acheteurs. Mes produits sont de plus en plus qualitatifs. Et même innovants. Je suis le seul, par exemple, à proposer des couvertures molletonnées et lenticulaires.

Pour lancer la fabrication des nouvelles collections, j'ai besoin d'un prêt de neuf cent mille euros. J'entame des démarches auprès des banques avec le cahier de commandes de Carrefour et Casino comme garanties. À chaque fois, je prends la porte dans la figure. La situation me paraît ubuesque : j'ai un million deux cent mille euros de commandes fermes et aucun financement pour entamer la fabrication des produits. Quand j'obtiens enfin l'accord de IFN Finance, Carrefour trouve une autre clef : la banque, ça sera Carrefour ! Non seulement ils passeront la commande mais ils m'avanceront aussi l'argent, s'octroyant évidemment des intérêts au passage. J'ai désormais droit à une adresse Internet, un mot de passe et un crédit de neuf cent mille euros. Il me suffit de taper une somme l'après-midi pour qu'elle soit virée le soir même sur mon compte. Quel monde merveilleux !

La mauvaise nouvelle, c'est qu'il est plus simple d'approcher le pape que Tony Parker. En plus mes intérêts étaient mis à mal – l'agent m'obligeait à payer un de ses amis photographe dix mille euros la séance de dix minutes et à travailler avec un graphiste qui facturait vingt mille euros les trois couvertures... On appelle ça avoir le sens de l'amitié ! Nous en étions arrivés à un point tel qu'un après-midi, lors d'une réunion à Neuilly-sur-Seine chez l'agent, Tony Parker l'appelle. Je demande à l'agent de transmettre à Tony mes salutations. Il fait la sourde oreille. Je réitère ma suggestion. Aucune réaction... Au bout d'un moment, Tony s'inquiète de savoir s'il dérange son agent, s'il est en réunion... L'agent lui répond qu'il est seul. Je suis exaspéré. J'élève le ton, tant et si bien que l'agent, la mort dans l'âme, finit par lui signaler ma présence. Comment était-il possible de travailler ensemble dans de telles conditions ?

À force de manœuvres plus ou moins ridicules de la part de cet homme, en raison aussi de quelques erreurs de ma part, ma collaboration avec Tony Parker tourne court au bout de trois ans de contrat. Me voilà reparti à la pêche aux nouvelles licences. Je fais bonne pioche. Si je crée une marque Kima, regroupant les championnes de glisse, j'obtiens surtout les licences des jeux Nintendo et du chanteur M. Pokora, consacré en 2007 artiste masculin francophone de l'année par les NRJ Music Awards. La société poursuit son développement et stabilise son chiffre d'affaires. Désormais, je peux compter sur des salariés : une assistante, des commerciaux et un photographe designer. Ainsi entouré, je peux revoir à la baisse mes coûts de fabrication. Je travaille avec des usines en Belgique, en Espagne, en Angleterre, en Allemagne, en Italie. Je trouve mon bonheur en Chine et notamment à Hong Kong, où je me rends très régulièrement. Pour prendre le chemin de la croissance, il est indispensable de trouver un autre point de distribution. Forcément, je lorgne du côté de la centrale d'achats de Leclerc. Avec Leclerc, Carrefour et Casino dans mon escarcelle, je changerai de dimension. J'arrive à convaincre la centrale de Leclerc sans devoir déployer des trésors d'ingéniosité, ma société ayant désormais une belle réputation. La première année chez ce nouveau distributeur est une année de transition. La seconde promet d'être explosive, notamment grâce aux nouvelles licences.

S'il y a bien une explosion, c'est celle de ma société, en plein vol. Je vendais l'agenda M. Pokora chez Carrefour et Leclerc. Le prix était identique pour les deux centrales. C'était la loi française qui imposait cette règle. Mais rien ne nous obligeait à faire les mêmes remises arrière. Au nom de ma relation antérieure avec Carrefour, je leur faisais une remise sensiblement supérieure à celle de Leclerc. Les centrales sont alors libres d'établir leur propre prix de vente, la loi leur interdisant de s'entendre avec la concurrence pour uniformiser les prix. Elles possèdent aussi le libre discernement d'inclure les remises arrière dans le prix de vente. Ce n'est jamais dans leur intérêt car ainsi elles ne font plus suffisamment de marge pour gagner de l'argent.

Pour ne pas avoir de mauvaises surprises, Carrefour me conseille de vérifier l'équité de mes prix et m'invite à négocier pour que ceux-ci ne soient pas cassés. Je ne peux rien garantir, évidemment. Leclerc joue le jeu contrairement à Carrefour qui inclut les remises arrière dans son prix de vente. Là où Carrefour avait 30 % de remise arrière, Leclerc en avait 29 %. Et comme une erreur de mon service juridique dans la rédaction du contrat offrait à Carrefour une remise de 6 % supplémentaire, le prix de l'agenda M. Pokora est 35 % plus élevé chez

Leclerc que chez Carrefour. Leclerc me tient pour responsable de cette situation. Le sang de ses dirigeants ne fait qu'un tour. Je suis attendu de pied ferme pour une réunion de crise. J'ai l'affreuse sensation d'être sur le banc des accusés, seul face à cinq hauts dirigeants de Leclerc. Là, non seulement les responsables de Leclerc me demandent de leur rembourser de l'argent à la hauteur des remises accordées à Carrefour sur la première commande, mais surtout ils annulent la deuxième commande, fixée à un million d'euros. Pis, ils me déréférencent pour un an. Carrefour a gagné la bataille de la papeterie. J'ai perdu cent cinquante mille euros cette année-là, soit l'ensemble de mes bénéfices.

À l'image du fameux roseau, je plie mais ne romps pas. Je retrousse les manches et pars à la recherche de nouvelles licences. Une fois de plus, la chasse se révèle fructueuse : je paraphe des contrats de licence avec MTV et Christophe Maé. Mais la crise économique mondiale ne m'épargne pas. Elle n'est pas seulement dans les journaux télé ou dans les discours des hommes politiques, elle est aussi à la porte de mon bureau. L'automne 2008 est difficile. Les commandes de Leclerc me font cruellement défaut. La meilleure attitude, c'est de faire le dos rond en attendant que passe la tempête. Donc de réduire les frais de fonctionnement. Mais je ne suis pas seul, malheureusement. Il y a désormais une assistante, des commerciaux, un graphiste et un partenaire chinois autour de moi. Ce n'est pas le moment de lâcher, je ne peux pas les laisser sur le bord de la route. Il faut travailler de longs mois pour préparer les prochaines collections, les designs, les prototypes de l'automne. L'automne 2009 est dramatique. Les commandes affichent une diminution de 60 %. Le prix de vente de mes collections ne suffit même pas à couvrir les frais fixes de fonctionnement de ma société. Résultat, celle-ci présente un découvert de cent cinquante mille euros. La banque ne peut plus suivre. Elle est contrainte et forcée de bloquer les comptes pendant la fabrication des produits. Tout s'arrête ! Je ne peux plus continuer. Je ne peux plus livrer les produits. Je ne peux plus rembourser Carrefour, qui perdra cent vingt mille euros dans l'opération. Carrefour avait voulu livrer une guerre des prix à Leclerc en utilisant ma société. Il paiera aussi la note.

Ça ne règle pas mes problèmes. Je suis dans les cordes. Je débloque cent mille euros de mes comptes personnels pour combler le découvert et ne pas mettre la banque et les employés dans une position délicate. Et je suis obligé de prendre la pire des décisions quand on dirige une société avec passion : je dépose le bilan. Cette situation est d'autant plus dure pour moi qu'elle engage aussi mon ami Philippe Bourguignon. J'avais peur de le décevoir. Déjà qu'il n'avait jamais gagné d'argent durant toutes ces années… Là, je me trouvais dans l'incapacité de lui rembourser la totalité de son compte courant d'associé. J'ai conservé de cet échec un véritable remords vis-à-vis de lui. Et ce même si je sais qu'il ne m'en a pas tenu rigueur. Philippe est un authentique businessman. Il sait qu'on ne peut pas réussir à chaque fois.

En tout cas, la pilule est dure à avaler. J'avais monté une société à force de courage et de sueur en quelques jours sur un lit d'hôpital. J'avais œuvré six ans durant pour atteindre un joli chiffre d'affaires avec des licences prestigieuses. Je possédais une gamme de papeterie et maroquinerie, dans les plus grandes centrales d'achats. Il fallait oublier tout ça. Il fallait accepter que tout ce labeur s'envole en fumée. Il fallait surtout trouver une solution humaine et sociale pour mes salariés. C'est bien de se souvenir que les histoires ont bien débuté. C'est encore mieux de se rappeler qu'elles se sont bien terminées.

Je peux en dire autant concernant ma carrière sportive. J'en avais renoué le fil lors de l'été 2003 marqué par une quatrième place aux X Games, qui sonnait les trois coups de mon retour au premier plan. Toujours placé, jamais gagnant, je poursuivais ma carrière en trustant les places d'honneur, les podiums. Mais je n'avais plus le feu sacré qui m'avait permis de réaliser le Grand Chelem 2001 en remportant successivement les X Games, les Gravity Games, le championnat du monde, Bercy, les European X-Games et le World Team Challenge. Mon ambition était seulement de prouver que je pouvais m'inviter à la table des meilleurs quand je le désirais. Je ne participais qu'à une poignée de compétitions, attestant que je restais un champion. Ça flattait mon ego et préparait mon avenir. En clair, je choisissais mes compétitions avec la minutie d'un programmateur. Sur mon agenda, en septembre 2007, j'avais surligné d'un double trait les LG Action Sports World Tour. Non seulement l'épreuve se déroulerait au Trocadéro, là où je suis né, mais elle drainerait tous les sponsors et mon public. Impossible de ne pas répondre présent. Je me suis entraîné deux mois seulement avant l'épreuve. C'était suffisant pour que je rafle une jolie seconde place. Ça m'a donné des envies quand le plat – même épreuve, même lieu – est repassé l'année suivante, en septembre 2008. Je ne possédais pas davantage de temps à consacrer aux entraînements avant l'événement. Pour autant, j'ai décidé de tenter une figure unique au monde que personne n'avait encore jamais osé tenter : un double saut périlleux avec un tour et demi à l'intérieur, appelé dans le jargon des *riders* « double back 540 ». Il m'aurait fallu deux mille essais pour la maîtriser vraiment. Faute de temps, j'avais réussi à en emmagasiner 700 sur mon Airbag.

700 tentatives, 700 échecs. Je ne l'avais jamais réussie. Dans un contexte normal, je ne l'aurais jamais tentée en compétition. Je partais au casse-pipe. Mais j'avais envie de montrer à mon public que j'étais toujours là, d'autant que je ne savais pas si j'aurais d'autres occasions de participer à une compétition aussi importante à Paris. Cette figure diabolique, c'était donc un peu pour moi la cigarette du condamné.

Lorsque je la tente aux qualifications, je sais que je peux avoir un très grave accident. Sans surprise, je rate ma réception. Ma tête est épargnée. Pas mon poignet. Les ligaments ont lâché. Je porte d'ailleurs encore aujourd'hui une belle cicatrice au poignet, comme une blessure de guerre. L'opération est inéluctable. Le lendemain en finale, je ne retente pas le double back 540 – que du reste personne n'a encore réussi aujourd'hui, pas même les Japonais qui sont aujourd'hui les meilleurs *riders* au monde –, mais j'arrive néanmoins à me hisser sur le podium, à la troisième place. C'était un résultat magnifique pour un adieu à Paris.

C'est à Las Vegas, lors des championnats du monde de décembre 2008, que je baisse définitivement le rideau de ma carrière de compétiteur. Première compétition à Bercy, dernière à Las Vegas, la boucle est bouclée. Écrire le mot *fin* est d'autant plus facile que je ne réalise pas vraiment qu'une page se tourne : je pense trop à la future opération au poignet. Je ne sais pas alors que je basculerai aussitôt après sur le projet de record à la tour Eiffel.

En tout cas, Las Vegas, le temple du jeu, c'est un beau lieu pour un enterrement.

CHAPITRE 4

Tour Eiffel : l'homme oiseau

Il y a des dates qui font date. Le jeu de mots n'a pas forcément l'élégance d'un dandy devant une jeune fille, mais il résume ce que j'ai vécu ce soir-là. C'était à Chamonix, le 16 février 2008, après un enregistrement du « Taïg Show »... Au cours d'un dîner, s'étirant au fil des cafés qui se succédaient, ma vie a changé. L'idée de basculer dans l'événementiel a fusé comme une olive sur une toile cirée. C'était un dîner entre amis, sans chichis. Un dîner de *riders* avec les techniciens et le producteur du « Taïg Show », Jonathan Politur. J'avais vaguement imaginé cette reconversion quelques années auparavant quand j'avais investi dans un *quarter pipe* géant. Mais j'étais dubitatif. Ce soir-là, entre *riders*, on échange autour de Danny Way, qui avait sauté la grande muraille de Chine en skateboard le 9 juillet 2005. Danny Way, c'est le grand skater professionnel américain. Il avait construit la « *Mega Ramp* », une rampe énorme. Il l'a descendue en sautant d'un hélicoptère, inventant ainsi le « *Bomb Drop* » : le largage de bombe.

Danny Way est une référence dans les sports extrêmes. Il n'y a aucune raison de ne pas marcher sur ses traces, me suis-je dit alors. Je connaissais Danny Way depuis que j'étais gamin. Je l'avais rencontré à Münster, en 1991, lors des fameux championnats du monde que j'avais passés à l'hôpital. Jonathan Politur croyait à ce second souffle pour ma carrière. Il m'a convaincu que cet exemple était le bon. Il a toujours cru en moi. Je l'en remercie sobrement et sincèrement. Jonathan m'a beaucoup aidé, hier et aujourd'hui. Inutile de dire que je compte aussi sur lui demain.

Quand je l'ai rencontré, il était attaché de presse. C'est à cette époque-là qu'il a imaginé autre chose pour moi que les sentiers balisés du sport. Quand il a lâché son poste, il est devenu producteur de télé. Il a notamment lancé « Planète Rap » avec Sarah Lelouch et Fred de Skyrock. On n'oublie jamais ses origines. Ancien bodyboarder et skater de talent, Jonathan avait retrouvé les siennes. Il a très rapidement cédé à sa passion des sports de glisse en proposant à Extreme Sports Channel de produire des émissions clefs en main. Il avait remarqué mes prestations dans « L'Été de tous les records », sur France 3. Il m'a alors proposé de présenter ses émissions. C'est ainsi que le « Taïg Show » est né. Et qu'il a voyagé dans le monde entier.

Ce soir-là, à Chamonix, c'était la soirée vérité. Il ne fallait plus se mettre un mouchoir devant les yeux. Ma carrière de sportif de haut niveau touchait à sa fin. Non seulement je multipliais les accidents mais, sportivement, j'avais du mal à rester en haut du panier – à cause d'un manque de motivation notamment. Et comme le roller acrobatique passait de mode, les sponsors spécialisés, à l'image de Rollerblade, réduisaient la voilure dans des proportions inquiétantes. À titre d'exemple, mon contrat avec Rollerblade atteignait les deux cent mille euros annuels quinze ans auparavant quand il plafonnait là à dix mille euros. Si je ne me remettais pas en cause, si je ne ciblais pas le grand public au détriment des fans de roller, si je ne réussissais pas à décoller cette image de sport extrême, j'allais au-devant d'une grave désillusion. Mes contrats, qui arrivaient à échéance, ne seraient pas renouvelés. Je n'étais plus champion du monde. Je sentais autour de mon aventure comme un vent crépusculaire. Mon plus gros sponsor, SFR, n'appartenait pas au microcosme du roller. C'était un signe.

J'ai débuté ma vie d'adulte avec l'étiquette de sportif de haut niveau scotchée sur ma peau. Ma seule ambition, alors ? Être le plus performant possible dans ma discipline, empiler des résultats au maximum. Mon seul objectif ? Faire le job, comme un joueur de tennis court après une victoire dans un tournoi du Grand Chelem, comme un footballeur vit dans l'espoir de brandir une coupe du monde. Mais à la différence de l'univers du tennis et du football, le roller était encore à l'époque un sport minimaliste, aux frontières très étroites et aux perspectives incertaines.

Dès le début de ma carrière, je n'ai jamais perdu de vue que le roller était aussi un sport lié aux effets de mode et donc assurément condamné à vivoter dès lors que la mode passerait. La conclusion sonnait comme une évidence : si je voulais avoir une vraie notoriété, si je voulais séduire de vrais partenaires, si je voulais percer le mur qui cloisonnait mon sport, il fallait que je sois meilleur que les autres dans ma relation avec les médias en général et dans les interviews en particulier.

J'ai commencé à revisionner mes interviews pour les retravailler, séparer le bon grain de l'ivraie, atténuer mes défauts et valoriser mes points forts. C'est évidemment grâce à ça que j'ai pu offrir un visage de plus en plus avenant pour les annonceurs. C'est aussi ce travail qui m'a formé au métier de présentateur de télé et m'a permis de faire mes premiers essais sur France 3, pour la présentation de « L'Été de tous les records ». La volatilité de la mode du roller m'a aussi incité à démocratiser mon image, à la populariser afin de toucher des annonceurs qui ne gravitaient pas encore autour de mon sport.

Si paradoxal que cela puisse paraître, je ne parlais presque pas de mes résultats sportifs lors de mes rendez-vous avec les sponsors potentiels. Je mettais en valeur les audiences télé, les parts de marché, la cible. Sans avoir l'air d'y toucher, je devenais mon propre agent. Je négociais moi-même mes contrats. Donner autant d'argent aux avocats était une angoisse... Le déroulement de ma carrière m'a donc obligé à coiffer deux nouvelles casquettes : celle de présentateur télé et celle d'agent. Je dis « obligé » mais, de fait, je dois reconnaître que j'aime être multitâches... Mon entreprise de papeterie m'a aussi appris à parler le langage des chefs d'entreprise, celui du monde des licences, et m'a conforté dans mon envie de commercialiser mon nom comme une authentique marque.

Cette marque, on pouvait imaginer la faire vivre et prospérer à travers des événements comme celui de Danny Way sur la muraille de

Chine. Mais autour de cette table, à Chamonix, il n'était bien sûr pas question de la grande muraille. Pas davantage de la tour Eiffel. On rêvait de la Seine... On rêvait d'un saut au-dessus de la Seine, d'un bras à l'autre, devant Notre-Dame. L'idée était folle : un saut en longueur au-dessus du fleuve en partant d'une rampe de lancement située à trente mètres de haut. C'est comme ça que tout a commencé. Ou plutôt, c'est comme ça que tout a recommencé.

Dès que Jonathan m'a convaincu, j'ai enfilé ce costume comme un gant pleine peau. Je ne l'ai plus jamais quitté jusqu'à aujourd'hui. Cette idée devenait mienne. Je l'ai accaparée comme si elle avait germé en moi. Et je me suis d'autant plus investi dans ce projet que je venais de mettre la clef sous la porte de ma société de papeterie. Cette période était très dure. Cet été-là, je venais de contracter un prêt immobilier important, avec des mensualités assez lourdes, pour m'acheter un appartement sur les grands boulevards, à quelques pas du Grand Rex. Je comptais mes euros pour m'acheter un sandwich. Parfois même je n'avais plus rien à compter : ma carte de crédit était refusée et il ne me restait plus du tout de liquide. C'était flippant ! Je n'avais plus le choix.

Je me réveille en pensant à la Seine. Je m'endors en pensant à la Seine. Je vis immergé dans ce projet. Cette situation a les avantages de ses inconvénients. Si je n'arrive pas à réaliser le record avant l'échéance de mes contrats, je risque de me retrouver à nu. Je dois constituer rapidement une équipe autour de moi, étant entendu que Jonathan sera mon associé et m'apportera son savoir-faire sur la production TV. Reste à m'adjoindre les services d'une société d'événementiel chargée de fabriquer le record. Il serait en effet hasardeux pour moi de créer ma propre société : les partenaires hésiteraient à investir dans une nouvelle société en création, sans savoir-faire reconnu. Car le budget est estimé, à la louche, à un million d'euros…

Je passe en revue les sociétés d'événementiel. Incontestablement, Double 2 avec qui j'ai déjà travaillé par le passé me paraît la plus intéressante. Non seulement elle m'a toujours donné l'impression d'une boîte innovante et compétente, mais surtout elle s'intéresse réellement à ce que je veux réaliser. J'ai rencontré Nicolas Dudowski, un des directeurs associés. Il se déclare prêt à investir du temps et du personnel sans attendre un retour immédiat sur investissement.

Je travaille à cent pour cent sur le projet. Je m'occupe de presque tout. Je téléphone et je rencontre des interlocuteurs toute la journée. Aucune réunion n'est inutile. Parfois, il suffit d'un détail, d'une remarque pour que la lumière jaillisse. J'avance marche à marche. La plus importante, c'est celle de l'Hôtel de Ville. L'autorisation de la mairie de Paris et de Bertrand Delanoë sont indispensables.

Je connais Bertrand Delanoë depuis longtemps. Il m'a toujours donné l'impression d'un homme à l'écoute, d'un politique qui dit les choses et qui fait ce qu'il dit, d'un élu qui tient ses promesses. En tout cas, il m'a toujours apporté son soutien.

C'est ainsi que j'ai souvent conseillé la mairie de Paris sur les sports extrêmes après l'élection de Bertrand Delanoë. J'ai coordonné, quatre années durant, la création d'un immense espace de glisse dans le 18e arrondissement, l'Espace Glisse de Paris 18 appelé aussi EGP18. C'est un *skatepark* couvert, boulevard Ney, d'une surface de trois mille deux cents mètres carrés, qui a été inauguré le 2 février 2008. Bertrand Delanoë a aussi fait appel à moi lors de la candidature de Paris à l'organisation des Jeux olympiques 2008 et 2012. J'ai ainsi eu l'honneur et la chance de porter deux fois la flamme olympique lors de sa traversée de Paris, place de la

Concorde la première fois et sur les Champs-Élysées la seconde.

Je pouvais donc dire que j'entretenais avec Bertrand Delanoë des relations de cordialité et de confiance. Je décide d'attendre pour l'appeler. Il faut un dossier complet et ficelé à la perfection pour s'asseoir en face du maire de Paris. En attendant, je prends langue avec toute son équipe. Ses collaborateurs m'accueillent avec une incroyable hospitalité. Les portes de l'Hôtel de Ville sont grandes ouvertes. C'est un atout, bien sûr. C'est aussi un écueil. Quand ça bloque, on ne me dit pas que ça bloque. On ne me dit pas « non » : on me dit « peut-être ». On ne parle donc pas la même langue. Je ne comprends pas ce double langage. De même que je ne mesure toujours pas la difficulté administrative de sauter la Seine devant Notre-Dame.

Franchir la Seine devant Notre-Dame relève de la mission impossible. Il faut couper toute la circulation des voitures sur les quais, provoquer un attroupement devant la Préfecture de Police, réguler la circulation des péniches, demander l'autorisation au diocèse de Paris, assurer la sécurité… Je croise le maire de Paris de façon informelle lors d'une réunion. Il n'est pas pessimiste. Il dit : « Il y a une seule chose qui m'importe, c'est ta sécurité. »

En tout cas, impossible d'avancer sans faire le tour des institutions. Et on ne pourra attaquer cette étape qu'avec un dossier technique professionnel d'une soixantaine de pages, avec le temps de montage des structures, les prestataires de services, les implantations en 3D, les partenaires… En ce qui concerne l'affichage publicitaire, l'affaire est pliée. Notre-Dame est classée monument historique : interdiction d'afficher des logos. Mais pour réunir un budget d'un million d'euros, comment faire autrement ?

Dans l'espoir de trouver une faille, je me plonge dans les textes de loi. Grâce à ma petite expérience des contrats, je me rends vite compte que, s'il est en effet impossible de mettre de la pub autour de l'événement, rien ne m'interdit de vendre de la publicité à la télé. Et comme l'événementiel a vocation à être retransmis en direct sur W9, le problème sera contourné. À mon tour, je peux désormais tenir un double discours : dire à la mairie qu'il n'y aura pas d'affichage de logos et dire aux sponsors que leur marque sera mise en valeur…

Le temps passe. L'été 2008 remplit les terrasses des cafés mais pas nos poches. S'il faut avancer en parallèle sur la phase financement et la recherche active de partenaires, reste en suspens le problème du dossier demandé par les institutions. Nicolas budgétise son élaboration. Il nous annonce la couleur, à Jonathan et moi, avec une pointe de déception dans la voix. L'addition est salée. Un bon dossier, c'est vingt mille euros. Le nôtre est si technique que nous devons nous attacher les services des plus grands experts de la place de Paris.

On ne peut pas se défiler. Il faut payer. Double 2 n'est pas chaud. Nicolas veut investir du temps et du savoir-faire. Pas d'argent. La balle est entre Jonathan et moi, les deux associés du départ, les deux amis du fameux dîner de Chamonix. Je veux garder la paternité du projet, je n'en fais aucun mystère. J'aime les relations claires, en amour comme dans le business. Je tape dans mes économies, pose quinze mille euros sur la table. Jonathan débourse le reste.

Après six mois de travail, les institutions ont le dossier. Enfin ! La réponse est rapide, sans concession. C'est non. Impossible de couper la circulation rive gauche. Impossible de provoquer un attroupement devant la Préfecture de Police. Impossible de bloquer les péniches. Impossible d'avoir l'autorisation du diocèse de Paris pour occuper le parvis de Notre-Dame, qui ne doit servir qu'à des actions humanitaires. Impossible. Impossible… Les institutions sont cependant gênées aux entournures. Peut-être par respect pour tout le travail fourni et la confiance née depuis des années de collaboration, peut-être également par sympathie envers moi.

Elles n'osent donc pas me dire non sans m'offrir une porte de sortie. Plutôt que de claquer la porte sur mes rollers, elles l'entrouvrent en lançant deux mots magiques : tour Eiffel.

L'idée vient de l'un des directeurs techniques de la mairie de Paris. « Taïg, va voir à la tour Eiffel, ce sera peut-être possible. » Il me vend de l'or en barre. Alors je fonce, tête baissée. Je ne me rends pas compte que, plus qu'un vrai plan B, c'est un dialogue de politique. Un moyen de me donner un os à ronger en attendant que le temps passe et que mon acharnement trépasse.

Il y a un autre problème. Si Bertrand Delanoë est à mes côtés, il me précise que je n'aurai aucun traitement de faveur. Le dossier ne passera que s'il est conforme à tous les niveaux. Il a très peur pour ma sécurité. Et cette peur, il la transmet à son équipe comme un rhume contagieux. Mais j'ai une autre carte dans mon jeu. Un an plus tôt, j'ai participé à un événement humanitaire pour la Voix de l'Enfant au premier étage de la tour Eiffel. À l'aide d'une rampe, j'ai encadré pour cette association une initiation dix jours durant. Force est de constater que cette opération a été couronnée d'un beau succès populaire, et m'a permis de nouer de bonnes relations avec la direction de la tour Eiffel. Mais la clef, ce n'est pas seulement le réseau. Sans travail et sérieux, un réseau n'est rien d'autre qu'une liste de contacts dans un téléphone.

Fort de ce contact, je réunis mes troupes. Je remotive toute la petite escouade, y compris les spécialistes techniques qui ont travaillé sur le dossier. Seulement je me suis saigné financièrement pour le premier dossier, et je ne peux plus remettre la main à la poche. Touchés par ma détermination à ne pas baisser pavillon face à la première tempête, les experts acceptent alors l'idée de baisser leur tarif à sept mille euros. Faute de moyens, je me colle moi-même au design des logos. Heureusement que j'ai appris les techniques avec les gammes de papeterie. Mais je ne suis pas encore vraiment pointu. Pas grave. Je sauve les apparences. Pour se simplifier la vie, on fait un copié-collé sur le projet de la Seine. On imagine un saut en longueur qui part du premier étage de la tour Eiffel pour une arrivée sur l'herbe du Champ-de-Mars.

Les mois passent au rythme des réunions qui s'enchaînent avec la société d'exploitation de la tour Eiffel, l'Hôtel de Ville, la Préfecture, la mairie du 7e arrondissement, les experts techniques et les sponsors. À l'aube de l'été 2009, Bernard Laporte m'offre le haut patronage du ministère de la Jeunesse et des Sports. C'est

Serge Kotchounian qui m'a présenté Bernard Laporte.

Pour courber le destin, je ne tape pas seulement dans les contacts de Serge. J'ai constitué ma propre chaîne de confiance et d'entraide : j'ai pris mon répertoire et coché les noms susceptibles de m'intéresser. J'emploie souvent l'expression « courber le destin ». Je crois au destin autant que je ne crois pas au hasard. Mais je ne pense pas qu'il faille *attendre* son destin. Attendre le destin, c'est se donner une bonne raison de ne rien faire. Alors il convient de le courber pour lui tracer la route. De lui dire que c'est l'heure.

La bonne nouvelle, c'est que SFR, sponsor principal, est chaud bouillant. Davantage même pour le projet de la tour Eiffel que pour celui de Notre-Dame. La mauvaise nouvelle, c'est que le dossier n'avance pas. Pire, il s'enlise. Les institutions répondent par leur silence, les autorisations jouent les arlésiennes. SFR, soucieux de planifier sa campagne de communication, brûle d'impatience. L'opérateur nous entoure désormais d'une pression légitime. Le doute s'installe partout, chez SFR, chez Jonathan, chez Double 2. Il frappe même à ma porte…

Pour apaiser cette tempête sous les crânes, j'ai une seule solution : Bertrand Delanoë. Je décroche mon téléphone, parviens à parler à la secrétaire personnelle du maire. Une heure plus tard, celui-ci me rappelle. Je lui demande une réponse définitive sous dix jours, il me donne sa parole de tenir le délai. Dix jours passent. Je reçois une lettre officielle du maire qui refuse le projet. Sa décision est notamment justifiée par l'interdiction de toucher l'herbe du Champ-de-Mars.

La tour Eiffel, c'est un grand rêve. C'est aussi, comme pour Notre-Dame, une longue liste de contraintes imposées par la Préfecture : je dois sauter de la tour Eiffel sans la toucher ! Impossible de mettre une structure sous la tour Eiffel à cause du plan Vigipirate, impossible de poser des éléments sur la pelouse du Champ-de-Mars à cause de la tuyauterie souterraine d'arrosage, sous peine de se voir infliger une amende de cent quatre-vingt-quinze mille euros, impossible de couper la petite rue Gustave-Eiffel…

Il y a un autre point d'achoppement que nous n'avions pas envisagé : le concert de Johnny Hallyday. Il doit avoir lieu le 14 juillet 2010. Un tel événement nécessitera trois mois d'entretien de la pelouse du Champ-de-Mars. Forcément, ça compromet mon record en septembre. Même en payant cent quatre-vingt-quinze mille euros de pénalités, je n'obtiendrai pas l'autorisation. Ce concert de Johnny, c'est la goutte de trop. La mairie s'en est naturellement servie pour botter en touche. L'argument paraît implacable. Six mois d'indisponibilité de la pelouse du Champ-de-Mars, c'est inenvisageable. Il est évidemment illusoire de toucher au concert de Johnny. C'est le président de la République qui le téléguide... À ce moment-là, les dés paraissent jetés.

Pour les sponsors, c'est catastrophique. Une réunion de crise est organisée chez Double 2 avec Jonathan et Nicolas. Ils disent perdre du temps et de l'argent. Et ils n'ont pas tort. Le pessimisme atteint la cote d'alerte maximale. Ils redoutent d'annoncer au partenaire que l'opération capote pour la seconde fois. C'est d'autant plus frustrant que SFR était de plus en plus motivé pour adosser son image à celle d'un événement de sport extrême. On cogite alors sur une autre proposition. À brûle-pourpoint, on trouve un plan C : sauter au-dessus d'un avion, au Bourget ! Dans la précipitation d'une réponse attendue sous trois jours chez SFR, je me rends de toute urgence à l'aéroport, flanqué de Nicolas. Je n'hésite pas une seule seconde à mettre en mouvement tout mon réseau pour avoir un contact précis sur place. On me parle alors d'une sorte de savant fou, sympa, motivé, innovant, qui est directeur du musée de l'Air et de l'Espace (MAE) du Bourget. Il s'appelle Gérard Feldzer. Et c'est effectivement un personnage truculent. À grand coup de bluff, je me rends sur place sans rendez-vous, arrive à convaincre l'assistante et obtiens directement un entretien avec lui.

Emballez, c'est pesé. Gérard Feldzer me propose de sauter au-dessus d'un Boeing 747 et de la fusée Ariane ! Le Bourget serait transformé, pour l'occasion, en *skatepark* géant. Le tarmac du Bourget deviendrait une rampe à l'originalité incontestée. Le rendez-vous est si parfait que j'en repars avec une autorisation de principe signée de la main de Feldzer. Bien sûr, le Bourget, le 747 et la fusée Ariane, cela n'a ni la noblesse de la tour Eiffel, ni la symbolique de la Seine. Mais dans l'euphorie de l'instant, j'ai la sensation d'avoir sauvé l'événement.

C'est donc le cœur léger que nous empruntons la direction de la porte de la Villette pour un retour apaisé vers la Capitale. Je profite de la nuit pour bidouiller mes logiciels et refaire un nouveau dossier. Peu de sommeil mais beaucoup de soulagement avant de rencontrer Cécile Berger, la responsable de la communication de SFR, le lendemain. Je n'ai même pas le temps de lui annoncer que le Bourget offre la possibilité d'affichages publicitaires conséquents, contrairement à Notre-Dame et à la tour Eiffel, qu'elle exprime son immense déception : le Bourget n'offre pas un cadre assez prestigieux. Pour SFR, c'est fini. Pour mes compères, Nicolas et Jonathan, c'est également le glas qui sonne. Et pour moi, le ciel s'obscurcit d'autant que la fin de mes contrats approche. En septembre, je n'aurai plus rien. Sauf mes yeux pour pleurer.

Pas si vite. Depuis plusieurs mois, une réunion est prévue avec le maire de Paris le 10 juillet 2009, trois semaines après le départ de SFR. Curieux hasard, quelques heures plus tard, la secrétaire du maire de Paris m'appelle pour me demander si le rendez-vous est maintenu... Je reprends espoir. Voir le maire, c'est une vraie chance, la chance ultime, la chance de le convaincre. Pour cela, je dois absolument plancher sur des solutions pour lever les barrages autour de la tour Eiffel.

Dès le lendemain, je descends les grands boulevards pour me rendre au pied de la tour Eiffel avec dans une main le dossier d'instruction aux institutions et dans l'autre la lettre de refus du maire de Paris. Je suis seul au monde au pied de « la vieille dame ». Des heures durant, j'essaye de dénouer les nœuds techniques, le respect des riverains et des touristes lors des plans de montage, la lourdeur du plan Vigipirate. Je commence à comprendre la problématique de la tour Eiffel. Et soudain, le déclic : je ne prendrai pas de l'élan sur ma rampe pour atterrir sur l'herbe. Je sauterai de la tour Eiffel sur ma rampe ! Le saut en longueur initial sur l'herbe devient donc un saut en hauteur sur la rampe. La structure est drastiquement réduite. Le problème de la rue Gustave-Eiffel ? Contourné ! Je conçois un pont qui l'enjambe. À l'instant de regagner les boulevards, je suis optimiste. Je suis souvent trop optimiste.

J'appelle Nicolas et Jonathan. Ils m'écoutent, mais je sens qu'ils n'y croient plus. Qu'ils n'ont plus la foi.

Trois semaines encore avant le grand rendez-vous avec le maire de Paris. C'est long. C'est aussi très court. Je n'ai pas le temps de me demander si le saut en hauteur est moins spectaculaire que le saut en longueur. L'essentiel, c'est d'aller au bout de ce projet, au bout de mes rêves. De la même manière que je m'étais consacré jour et nuit au lancement de ma société de papeterie, j'arrête de dormir pour préparer le rendez-vous de la dernière chance avec Bertrand Delanoë. La plus grosse difficulté est d'apprendre à toute vitesse les logiciels de programmation en 3D pour le dossier d'instructions techniques. Jonathan a une brillante idée. Celle de contacter l'École polytechnique pour que les ingénieurs nous aident à réaliser les calculs de chute libre et de prise au vent. Cela rajoute des éléments supplémentaires à mes dossiers, plus de sécurité. Les nuits blanches s'enchaînent. Là où nous avions mis trois mois pour élaborer le premier dossier, il me faut trois jours pour boucler celui-ci. Encore faut-il que les institutions me répondent dans les temps. Ma méthode devient plus offensive. Je leur mets une pression énorme par courrier recommandé. Les dossiers d'instructions s'enchaînent. Au final, je lève toutes les contraintes techniques. Surprise, les institutions me donnent le feu vert.

Le 10 juillet, le maire de Paris se rend à l'évidence. « Je ne vois aucune contrainte technique », lâche-t-il. Il me répond aussitôt : « Je ne peux pas accepter comme ça, j'ai besoin que tu me prouves qu'il ne va rien t'arriver. » Toujours le même problème. Toujours les mêmes craintes autour de ma sécurité. J'allais quand même sauter du premier étage de la tour Eiffel, à quarante mètres du sol… Comment assurer le maire d'un risque zéro ? Une barrière, peut-être la dernière, devant le projet. Je dois l'enjamber. Je dis au maire de Paris : « Pas de soucis, tu auras un nouveau dossier début septembre qui te prouvera ma sécurité. »

Quand toute la France a les doigts de pieds en éventail au bord de la plage, je suis immergé, tout l'été, dans mes logiciels à concevoir ce dernier dossier. Enfin une véritable équipe de sécurité est composée. Double 2, une école d'ingénieurs, un directeur de sécurité, un médecin du sport, une société d'Airbags et une compagnie d'assurances apposent leur signature en bas du dossier de sécurité, que je paraphe à mon tour en m'engageant à un entraînement spécifique : deux mille répétitions du saut dans les conditions du réel avant le jour J, le maire de Paris devant recevoir chaque mois une vidéo de cinq cents essais sur son bureau.

En septembre, le dossier de sécurité est sur le bureau de Bertrand Delanoë. À ce moment-là, tout le monde reprend espoir. Nicolas et Jonathan sont à nouveau confiants. Ils sont convaincus qu'on tient, enfin, la clef du bonheur. Les ingénieurs me donnent un coup de main pour aménager des détails. On tire tous dans le même sens. Même si, désormais, j'abats l'essentiel du travail.

Mais il était écrit, sans doute, que rien ne serait facile. Un autre gravier se glisse dans ma chaussure et déstabilise à nouveau la machine. Et ce n'est pas un gravier. C'est un caillou. Il est localisé rue de Grenelle, à Paris, dans la mairie du 7e arrondissement. Depuis son bureau, le maire Rachida Dati refuse le dossier qui vient d'arriver chez elle. Elle dénonce ce qu'elle présente comme un rassemblement *underground* susceptible de débordements sur le Champ-de-Mars. Nous n'avions jamais eu l'occasion de lui expliquer que notre démarche n'était pas tant la valorisation des sports extrêmes à l'occasion d'un record de plus, mais qu'elle comportait bel et bien un vrai message éducatif à destination des plus jeunes. On voulait prouver aux spectateurs que tout était possible et qu'à force de travail et d'obstination les barrières tombaient, même les plus solides.

Ainsi, dans le cadre de la retransmission de l'émission sur W9, la galère avec les institutions aurait une vraie place dans le reportage.

Sans doute aussi étais-je l'otage de joutes politiciennes entre l'Hôtel de Ville socialiste et la mairie d'arrondissement UMP, entre le maire de Paris qui apporte un événement auquel il tient et une ancienne garde des Sceaux qui le bloque par réflexe d'opposition. Mais ces considérations ne m'intéressaient pas. Elles m'inquiétaient néanmoins, d'autant que les conseillers de Bertrand Delanoë me disaient leur impuissance. La coutume du maire de Paris, depuis qu'il est entré à l'Hôtel de Ville, est de ne jamais rien imposer à un maire d'arrondissement. Pas le choix, il faut convaincre Rachida Dati car sans son accord il n'y aura pas d'autorisation de Bertrand Delanoë. Pendant plusieurs mois, je fais la course aux relations et la guerre du lobbying. En discutant avec des amis je décide alors de demander à l'entourage de David Douillet, qui est un ami, et qui se trouve en course pour les élections législatives dans la 12e circonscription des Yvelines, d'intervenir auprès du directeur juridique de l'UMP. Ça tombe bien : c'est un proche de Hugues Anselin, le directeur de cabinet de Rachida Dati.

Hugues Anselin gère le dossier en direct. Il me reçoit très vite, en octobre 2009, et adhère aussitôt à l'image positive et grand public de notre événement. La lettre d'autorisation de la mairie du 7e prend enfin la direction de l'Hôtel de Ville. De la rive droite à la rive gauche, toutes les digues semblent levées.

Le prochain événement perturbateur sera un événement heureux. Adventure Line Production me contacte et me propose de participer au casting de la prochaine saison de « Koh-Lanta », réservée aux sportifs et aux anciens du jeu. Pour moi, c'est la meilleure nouvelle depuis très longtemps. D'abord parce que je suis curieux de vivre cette aventure – j'en parlerai plus loin. Mais aussi et surtout parce que l'émission me permettrait d'assurer magnifiquement la promotion autour de mon événement, ce qui serait bien sûr un atout considérable.

Pour ajouter à la magie de cette proposition, le dernier prime-time de « Koh-Lanta » est programmé le 22 mai, soit une semaine avant mon saut de la tour Eiffel. Sans compter les sept semaines de prime-time au total, devant plus de sept millions de téléspectateurs. Bingo ! C'est le plan de communication inespéré. J'en avais rêvé. TF1 me l'offrait. Le hic, c'est que la société de production avait aussi présélectionné près de cinquante sportifs. Cinquante noms au casting, quatre à « Koh-Lanta » : on appelle ça un écrémage. En fait, il ne restait que deux fauteuils dans l'avion. Car TF1 avait déjà imposé un footballeur champion du monde en

1998 (Frank Lebœuf) et un judoka (Djamel Bouras)...

Il faut courber le destin. Encore et toujours. Il n'est pas facile d'entrer en concurrence avec de célèbres sportifs. Je visionne les émissions de « Koh-Lanta » pour comprendre le concept. Je prépare le casting. Dès le premier entretien, j'aborde la question financière. Je dépassionne le débat : l'argent n'a aucune importance. J'ai lu plus tard dans la presse que certains sportifs ont touché plus de cent mille euros. Je ne sais pas si c'est vrai, mais j'imagine que les gens d'Adventure Line Production m'ont trouvé très peu gourmand... Seulement, à TF1, personne ne me connaissait. On me cataloguait comme un sportif de l'extrême issu d'un sport intimiste. Même avec des doléances financières proches du niveau de la mer, il serait compliqué de forcer les portes de « Koh-Lanta ».

Exister, exister au-delà des frontières étroites de mon sport, me servir de celui-ci sans en subir le poids, ces questions m'ont poursuivi depuis le début de ma carrière. J'ai toujours su trouver les réponses. Là, je fais appel à tous mes amis pour trouver des contacts influents chez TF1. Forcément, je mobilise très vite Serge Kotchounian. Il envoie la cavalerie. Il utilise son entregent et explique à la direction de TF1 que je vais donner une image jeune de « Koh-Lanta ». L'animateur de l'émission Denis Brogniart, avec qui j'entretenais alors de très bonnes relations, use aussi de son influence.

Tant et si bien qu'on me demande d'envoyer un book de présentation. Le problème, c'est que je suis présentateur télé sur W9, filiale de M6, concurrente de TF1 devant l'Éternel... Qui plus est, l'événement de la tour Eiffel est programmé sur W9. J'utilise donc mes connaissances en graphisme pour gommer toutes traces de M6 ou de W9 de mon dossier de présentation. Par chance, TF1 ne savait pas que je bossais pour le Groupe M6. Je le leur aurais dit s'ils me l'avaient demandé, évidemment, mais je n'allais pas l'afficher en gros sur les dossiers ! Ma candidature est donc passée comme une lettre à la poste.

Au milieu du mois d'octobre, le téléphone sonne. Je suis sélectionné.

Le départ pour « Koh-Lanta » est là. Pas les autorisations pour la tour Eiffel. Le 10 novembre, je m'envole pour la Nouvelle-Calédonie... De Roissy à Nouméa, il y a une escale de deux heures à Osaka. C'est la dernière fois que la production nous autorise à utiliser nos téléphones portables et nos ordinateurs. J'en profite donc pour me connecter à Internet. Entre deux e-mails de ma chérie, j'ouvre un message de la mairie de Paris. Je n'en crois pas mes yeux : c'est la lettre d'autorisation officielle de la mairie de Paris. Ça y est. L'événement à la tour Eiffel aura bien lieu. Lorsque j'embarque pour Nouméa, je suis l'homme le plus heureux du monde...

À mon retour en France, je marche sur l'eau. La diffusion du jeu va me permettre d'avoir une promotion énorme. J'ai l'autorisation en main, le sponsor principal. Il faut juste être nickel en termes de sécurité pour rassurer le maire. L'année 2009 s'étire donc dans un climat d'apaisement et de force assez formidable. Les premiers jours de 2010 me ramènent très vite à la réalité : selon SFR, le budget de l'événement va sauter à moins que la France ne se qualifie pas à la Coupe du Monde de football en Afrique du Sud. Ce soir-là, alors que je suivais avec anxiété le match de qualification face à l'Irlande, j'étais sûrement le seul Français à espérer que son propre pays perde. Soudain, c'est la main de Thierry Henry : mon budget s'envole. Je l'aurais étranglé... Mais je crois aussi que SFR avait perdu sa confiance en nous après les projets retoqués à Notre-Dame et à la tour Eiffel.

Je suis donc obligé d'affronter une nouvelle course contre la montre : plus celle des autorisations mais celle des partenaires économiques. Le budget de fabrication atteint un million deux cent mille euros. En dessous de cette somme-là, personne ne gagnera d'argent, ou plutôt tout le monde en perdra. J'organise une dizaine de réunions quotidiennes dont le seul mot d'ordre est la recherche ultra-active de partenaires. On perd notre temps. On a la solution sous la main. Parfois, on cherche l'amour dans le monde entier alors que sa colocataire est la femme de sa vie. Je suis animateur sur W9. Le record est programmé sur W9. M6 saute sur l'opportunité de remplacer SFR par M6 Mobile...

Le directeur de la communication de M6 Mobile, Ronan Dubois, est très excité. Sa seule exigence est de prendre le nom de l'événement et de l'émission de télé afférente : mon record devra s'appeler le « M6 Mobile Mega Jump ». Ça posait deux problèmes. Dans un premier temps, ça heurtait certaines sensibilités chez TF1 et ça échauffait même certains esprits. Quand on pense que j'ai fait toute la promotion de « Koh-Lanta » en donnant rendez-vous aux téléspectateurs sur le M6 Mobile Mega Jump, on comprend aisément leur colère... Dans un second temps, ça créait un problème juridique potentiel pour M6 Mobile qui craignait d'être accusé par le CSA de publicité mensongère. Le M6 Mobile Mega Jump était diffusé sur W9, filiale de M6, dont j'étais animateur. L'histoire peut sembler absurde mais l'événement a, une nouvelle fois, failli être annulé à cause de cette ambiguïté.

Pour ne pas être confronté à un stress dont j'avais envie de faire l'économie, je décide d'être pro-actif sur ce dossier. Les aspects juridiques, je connais. Le M6 Mobile Mega Jump, je connais. J'ai donc toutes les cartes en main pour trouver une solution. J'étudie les règlements du CSA et discute avec les juristes de M6 avant de prendre moi-même un rendez-vous pour devancer un hiatus possible. Je dois simplement prouver que M6 et M6 Mobile ne sont pas à l'origine de cet événement. Qu'ils ne l'ont pas imaginé pour s'offrir de la publicité maquillée. Ce que j'arrive à faire sans trop de difficultés. Preuves à l'appui, je démontre que le sponsor de départ n'était pas M6 Mobile mais SFR. Mon dossier est tellement bétonné, tellement inattaquable que le CSA ne juge même pas utile de me recevoir.

L'histoire continue donc. Elle n'est plus tout à fait la même. Les budgets et les moyens de M6 Mobile ne sont pas identiques à ceux de SFR. Et comme l'Hôtel de Ville fait toujours la chasse aux logos, il faut une nouvelle fois déployer des trésors d'ingéniosité pour boucler le tour de table. D'autant que certaines marques comme Red Bull sont sur la liste noire de la mairie de Paris. Red Bull, je les connais depuis longtemps. Ils sont prêts à me suivre. Mais ils n'ont jamais sponsorisé un mec sur des rollers. Je ne leur vends donc pas le roller mais la tour Eiffel. S'ils veulent la tour Eiffel, c'est avec des rollers. Et avec moi. Ils acceptent. Reste à contourner les interdictions de la mairie de Paris. J'ai trouvé l'astuce : Red Bull n'était plus un sponsor officiel – Red Bull ne figure pas sur l'affiche officielle d'ailleurs, ni sur le site Internet ou le plan de com –, mais un partenaire personnel. Si la mairie de Paris avait ses listes noires, j'avais le droit de m'entourer à titre privé des sponsors de mon choix…

La course aux sous avançait. On était encore très loin des sommes espérées. Je n'avais donc ni les budgets ni le temps pour faire monter deux rampes, une d'entraînement et une pour l'événement. Il s'agissait de rampes très coûteuses, uniques au monde, de vingt-cinq mètres de haut, quand la rampe des X Games atteint quatre mètres. Pour chacune d'elles, il fallait trois semaines d'assemblage. Mais c'était le passage obligé pour fournir à Bertrand Delanoë la preuve de ma sécurité…

Une énième fois, un mur se dresse devant moi. Il faut agir vite pour ne pas le prendre en pleine figure. Nicolas nous souffle la bonne idée : supprimer la rampe d'entraînement et se débrouiller autrement. C'est d'accord. Au final, pour juguler la peur du vide et la peur de la chute libre, j'opte pour des sauts à l'élastique dans des conditions réelles et un entraînement à la piscine de Montreuil avec l'équipe de France de plongeon. Pour la réception après la chute à une vitesse estimée à 100 km/h, je décide de me faire tracter en rollers à cette vitesse-là par une voiture sur le circuit de Montlhéry.

N'empêche, je suis obligé de retoucher le projet à la marge. Entre la tour Eiffel et la rampe, il y avait quinze mètres de vide, c'est-à-dire que mon départ était à quarante mètres avec un atterrissage sur une rampe de vingt-cinq mètres de haut. J'ai donc décidé de réduire le saut de cinq mètres et de construire une rampe géante – la plus grande de toute l'histoire des sports extrêmes – de trente mètres. C'était beaucoup plus simple à réaliser. La difficulté des sauts périlleux initialement prévus était ainsi effacée, gommant du même coup les plus gros risques d'accidents graves. La mairie de Paris était soulagée. L'autre bonne nouvelle, c'était que ça réduisait le budget car il n'y aurait qu'une grosse rampe au lieu des deux initialement prévues. Mais les marges étaient encore insuffisantes pour crier victoire.

En parallèle de mon record à la tour Eiffel, il y a trois jours d'animations et d'initiations programmés sur diverses rampes. J'arrive à convaincre les fournisseurs de livrer les rampes gratuitement en pariant sur l'impact populaire. Ils acceptent sans mot dire et sans me maudire surtout ! Idem pour les professeurs ou les champions participant aux démonstrations. Idem pour les sociétés qui devaient monter la structure, l'échafaudage ou l'Airbag. Ils disent oui les uns après les autres. Le budget se réduit enfin sensiblement à huit cent cinquante mille euros. En tapant à toutes les portes, j'avais réuni sept cent mille euros. La soustraction est rapide...

Où trouver les cent cinquante mille euros restants ? Nicolas est clair avec moi. Il veut bien poursuivre et terminer l'aventure sans gagner d'argent. Mais il n'ira pas jusqu'à mettre personnellement la main à la poche. Être amis, c'est ça. C'est se dire les choses sans ambages, sans prendre de gants. J'accepte sa décision. Deux solutions s'offrent à nous : soit on annule l'événement, soit Jonathan et moi devons sortir cent cinquante mille euros dans les plus brefs délais. La question ne se pose pas. Je mets cent mille euros sur la table. Pourquoi cette somme ? Parce qu'un sponsor s'était engagé avec moi pour 2011 sur ce montant. Je l'appelle. Nous convenons ensemble qu'en 2011 il aura mon image gratuitement s'il pose cent mille euros immédiatement pour être partenaire du record. C'est comme une avance sur salaire ou, pour être clair, comme si je sortais les sous de ma poche.

Si j'étais soulagé de pouvoir répondre à l'urgence financière, je me coupais le bras pour 2011. Si le M6 Mobile Mega Jump capotait, j'étais sur la paille. Depuis le début de l'aventure, j'avais investi personnellement près de cent quarante mille euros. Personne ne pouvait me reprocher de ne pas croire au M6 Mobile Mega Jump. De ne pas croire en moi. Jonathan a hésité avant de donner son accord pour un risque à hauteur de cinquante mille euros. Mais il l'a fait. Le budget était bouclé.

Le vendredi 26 mars 2010 je suis sous l'eau. Au sens propre et au sens figuré. Il pleut rue Montorgueil, dans le centre de Paris, où mon amoureuse m'attend à la terrasse d'un petit café. Je fais les cent pas dans cette rue piétonne branchée qui escorte mes doutes. Je dois prendre mon courage à deux mains et appeler M6 Mobile. Car Ronan Dubois m'a averti que, d'ici au 29 mai, le délai était si court qu'il craignait de ne pouvoir vendre sa marque correctement autour de l'événement. Il m'a même fait demander à la mairie de Paris de décaler l'événement en septembre. Autorisation refusée, bien sûr… Je dois le dire à Ronan. Au bout du fil, Ronan Dubois est catégorique : entre le 26 mars et le 29 mai, il juge irresponsable d'investir autant d'argent pour un événement dont il n'aura pas le temps de faire la promotion. Tout s'effondre. Tout ça pour ça. Toutes ces heures, tous ces dossiers, toutes ces relations usées, toutes ces portes enfoncées, toute cette sueur. Tout ça pour rien... Mais je ne peux renoncer. Je rappelle Ronan Dubois, je le rappelle encore. Je lui prends la tête, comme on a coutume de dire. Je lui demande des explications. J'insiste. Je dramatise.

Ronan Dubois est enfin plus précis. M6 Mobile est avant tout une société de téléphonie. Pour valoriser un tel événement, il faut impérativement un site Internet très performant et à la pointe des technologies. Ce site doit être en place d'ici quelques jours afin d'être visible au plus vite sur la toile, car Ronan envisage de filmer mes entraînements. Ses équipes sont incapables de réaliser un semblable outil dans un délai aussi court : il lui faut un mois pour la mise en ligne et un mois pour faire monter la sauce. Puis il me lâche une phrase qu'il n'aurait peut-être jamais dû prononcer. Il dit : « C'est sûr que si le site était livré dans quelques jours, les choses seraient complètement différentes. »

Je ne me pose aucune question. Je lui assure qu'il aura un site conforme à ses attentes légitimes dans dix jours au plus tard. Bien sûr, je ne suis pas *webdesigner*. Bien sûr, je n'y connais pas grand-chose. Mais j'ai quand même des notions de design grâce aux gammes de papeterie et surtout j'ai confiance, je contournerai les murs. Ronan Dubois me fait part de ses réticences, motivées par les notes et les avertissements de ses techniciens. En tout cas, il accepte l'idée que je livre avec Jonathan et Nicolas un site clefs en main. Pour clore la discussion tardive, il me donne rendez-vous le lundi 29 mars, soit trois jours plus tard, pour valider ce nouveau changement. Mais je le sens sceptique…

Vendredi soir, samedi, samedi soir, dimanche, dimanche soir, je travaille sans relâche ni sommeil. Je dessine l'ensemble du site avec toutes les idées et les fonctionnalités. De la rampe de roller au compte à rebours avant le record, des vidéos du jour à l'intervention des VIP – comme Zinedine Zidane que je connaissais – pour me donner des conseils en passant par les liens avec les partenaires médias, je n'oublie rien.

En tout cas, je dispose de suffisamment de contenu pour être confiant à l'instant d'entrer en réunion ce lundi matin. Ronan Dubois est bluffé. Vraiment. Autant d'idées et d'avancées en deux jours, il est rassuré. Il reprogramme néanmoins une réunion deux jours plus tard pour s'assurer que mon ambition sur les programmes courts et sur l'intervention des VIP est vraiment concrète et réaliste. C'est une formalité. Ronan Dubois appose sa signature. Le budget est validé.

Le 31 mars, c'est gagné. Sauf un tremblement de terre, la tour Eiffel est à moi. Plus rien ne peut m'arrêter. Je me sens fort. Invincible. Et ce d'autant que je sens enfin un authentique rouleau compresseur se mettre en place autour du projet. Depuis deux ans, je travaillais quasiment seul. J'avais connu des hauts et des bas, des doutes et des euphories. Dès le 1er avril, il y a quatre-vingts personnes qui travaillent sur l'événementiel. Le site Internet est finalement élaboré par Double 2 en dix jours comme promis. Une caméra me suit en permanence. On réussit à mettre en ligne deux vidéos quotidiennes de mes entraînements. Tant et si bien que Bertrand Delanoë a seulement besoin de se connecter sur Internet pour être totalement rassuré. Les VIP se succèdent et m'assurent de leur soutien. Je peux me concentrer exclusivement sur la préparation de l'événement, la préparation mentale, technique et physique.

Il fallait en effet un super mental, une bonne technique et un gros physique pour maîtriser la décélération après la réception. C'était la dernière difficulté du projet. La pelouse du Champ-de-Mars étant interdite, la structure avait été réduite. J'avais seize mètres pour décélérer. C'était très peu : j'arriverais à plus de 100 km/h sur mes rollers au moment où ceux-ci flirteraient avec la rampe. Passer de 100 km/h à l'arrêt en seize mètres n'était pas une mince affaire. Contrairement à ce que tout le monde pensait, c'était cela le plus compliqué, et non pas le saut, ni la peur du vide… Après les seize mètres de freinage, il y avait un mur. Nous avons tous travaillé sur un nouveau système d'Airbag, un peu sur le modèle de celui que j'avais élaboré en Grèce pour préparer les grandes compétitions. Rembourré avec de la mousse, l'Airbag de la tour Eiffel était mobile sur des planches en bois avec des roulettes. Un élastique coulissant et un déclencheur permettraient de le reculer à mesure que j'avancerais. Il y avait aussi un système de bulle d'air qui se dégonflerait au moment de l'impact.

Sur les plans, l'Airbag était réglé comme du papier à musique. Il fallait néanmoins l'essayer. J'ai opté pour le circuit automobile de Montlhéry. Tracté par une voiture à plus de 100 km/h, j'ai dû tester ma faculté à digérer l'impact. Pour être tout à fait honnête, je dois dire que les premières fois, j'ai dévié ma direction à cause de la peur qui m'envahissait. Qui me glaçait. Comment entrer en contact à cette vitesse avec un mur ? C'était inacceptable pour mon cerveau. J'avais la sensation d'aller vers la mort. Au premier contact, le K-O a été si violent qu'il m'a fallu plus de vingt minutes pour recouvrer mes esprits. À cette vitesse, on a l'impression que tous les organes bougent. C'est une sensation de déflagration comme une vitre qui implose à l'intérieur de son corps. L'essentiel en tout cas était que le système fonctionne. Et il fonctionnait. Pour le reste, je n'avais pas le choix.

Il était temps d'installer le fameux Airbag au pied de la tour Eiffel pour entamer la série d'essais. Après trois semaines de travaux, trois semaines d'excitation et de frissons, la structure était enfin montée. Chaque jour je passais devant la tour Eiffel, parfois sans m'arrêter, juste pour respirer le moment, me charger d'émotion, contempler le chemin parcouru.

Je pensais être prêt à affronter le vide. Il n'en était rien. Je n'arrivais pas à me lancer de trente mètres de haut. Ce sont des amis qui me tiraient sur la rampe avec une sorte de poulie pour que je me lâche de plus en plus haut. Il fallait que je maîtrise mes appréhensions.

Je monte enfin pour le premier saut d'essai. Les gens hallucinent. Les touristes braquent leurs caméras ou leurs appareils photo. Tous me regardent comme un fou suicidaire. La structure n'a pas le droit de toucher la tour Eiffel. Une nacelle me monte à trente-six mètres, soit six mètres au-dessus de la rampe.

C'est déjà impressionnant. Je m'élance sans me poser de questions, en m'enfermant dans la peau d'un sportif de haut niveau. L'Airbag fonctionne. Un terrible K-O sanctionne néanmoins ce premier saut.

Je recommence à différentes hauteurs, pour dominer la réception. Là, il n'y a aucun souci. Mes réflexes et ma technique d'ancien champion sont des atouts incomparables. Jamais je ne frôle l'accident. Le seul problème, c'est de remonter en haut pour ressauter. Au rythme de trente essais quotidiens, au bout de trois jours, mes jambes sont tétanisées. Je ne peux plus me lever. À la dernière minute, on loue un chariot élévateur qui me hisse jusqu'à la moitié de la hauteur. Et c'est un trolley mécanique qui m'aide à terminer l'ascension…

Le vendredi 28 mai, le nuit tombe sur la tour Eiffel. Il est l'heure d'un dernier essai pour rassurer toute l'équipe. Pour prendre un bol de confiance avant l'exploit qui s'annonce. Je saute pour la dernière fois avant le record. La réception est aussi réussie que pour une garden-party à l'Élysée. Mais deux ou trois mètres avant de toucher l'Airbag, mon patin droit glisse sur la droite. Au lieu de taper l'Airbag en son centre, là où il y a la mousse, je dévie. Je suis catapulté en bas, au niveau des roues et la planche de bois. C'est l'accident. Au moment de l'impact, j'ai la sensation de faire une croix sur mes ligaments croisés du genou droit. Je suis fracassé avec les cervicales et le dos en miettes.

Dernier saut, dernière chute : c'est la catastrophe, comme dans un mauvais film. Je connais parfaitement mon corps. Je sais qu'il n'y a pas de fractures. Un doute subsiste pour les ligaments croisés. Nicolas appelle un ami kiné qui nous reçoit chez lui en plein cœur de Paris, à 22 heures. Il me rassure. Il me conseille néanmoins d'attendre le réveil, le lendemain, pour tirer un trait définitif sur le risque de fractures. Je rentre chez moi comme un robot. Je suis ailleurs. Comme drogué. Assez paradoxalement, je trouve le sommeil très rapidement. Je déconnecte tellement que je me réveille le lendemain à midi. Je suis engourdi, perclus de douleurs. La jambe est gonflée. Elle n'est pas cassée à la différence de ma messagerie qui explose. À la tour Eiffel, l'inquiétude est contagieuse. Le moral est au plus bas. Outre les inquiétudes sur ma santé, la pluie menace le direct prévu à 18 heures. Or je peux trouver des solutions à presque tout, mais pas aux caprices du ciel.

Après-midi du jour J. À peine arrivé à la tour Eiffel, je n'ai pas le temps d'embrasser mes parents. Nicolas et Jonathan s'entretiennent avec moi. Effrayés par mon accident de la veille, ils se sont mis d'accord avec le *Guinness des Records* pour inscrire un marquage sur la rampe. Il me suffira de franchir ce marquage en équilibre sur mes patins afin que le record soit homologué. Ce serait ridicule de prendre des risques pour ma sécurité, insistent-ils. L'important, c'est le record, pas d'atterrir dans ce fichu Airbag qui risque de m'envoyer à l'hôpital pour une fracture de la jambe ou de me plonger dans un K-O pas forcément très valorisant pour mon image en direct à la télé. Ils arrivent à me convaincre de tomber sur les fesses après avoir passé le marquage pour réduire ma vitesse avant le choc. Si près du saut, je cède à la pression de l'événement. À la pression de l'argent aussi : on parle d'un budget de huit cent cinquante mille euros. En réalité, avec tout ce que les partenaires ont investi en communication, on devait flirter avec une somme de un million cinq cent mille euros. Au dernier moment par exemple, j'ai réussi à persuader Casio de signer un partenariat pour que je porte une montre G-Shock pendant le saut. J'ai trop de responsabilités sur les épaules pour laisser parler mon ego avant l'heure H.

Ce serait aussi un manque de respect pour les spectateurs. Le public est un point d'interrogation majuscule. Les Parisiens vont-ils se déplacer pour voir un gars sauter de la tour Eiffel ? Quand je signais une nouvelle licence de papeterie, j'avais toujours l'ambition d'en écouler le plus possible mais je n'avais aucune certitude. Là, l'enjeu dépasse le cadre d'un simple amortissement car le spectacle est évidemment gratuit. Là, vu que la promotion a été recentrée sur moi, le nombre de personnes présentes sera forcément un moyen de mesurer ma propre popularité, davantage que celle de mon sport. Alors, un peu comme un homme politique avant un référendum, j'attends la sanction des chiffres.

Et elle ne tarde pas à arriver. À 17 heures, soit deux heures avant le premier saut, on comptabilise déjà cent mille personnes. Au mieux, on pariait dans nos dossiers de présentation sur cinquante mille personnes sur l'ensemble du week-end... Une première victoire, surtout que les spectateurs sont arrivés au même moment, ce qui atteste qu'ils sont venus spécialement pour le record. Le réseau téléphonique autour de l'événement saute pendant trois heures. Impossible de passer un coup de téléphone autour de la tour Eiffel. C'est la folie. La démence. Je ne peux même pas m'approcher des barrières tellement la foule monte en régime. Les barrières risquent de s'écrouler à tout instant. Les responsables de la tour Eiffel ont même dû fermer pendant plusieurs heures l'accès aux ascenseurs.

Pour le moment, au lieu de me tétaniser, cette vague de spectateurs décuple mon énergie et gomme peu à peu les douleurs de la veille. Je suis galvanisé. Au premier étage de la tour, je fais le show pour le public et aussi, il faut l'avouer, pour oublier la peur du vide dans lequel je dois m'engager. C'est pourquoi je communique beaucoup avec le public. Je me sers de sa ferveur pour aller encore plus loin, pour repousser mes limites, pour faire monter l'adrénaline. Je suis tout simplement en transe. Je ressens comme une sorte d'euphorie et d'ivresse. Comme lorsqu'on plonge dans les bas-fonds et qu'on perd la notion de la profondeur et de la surface. Je débranche mon cerveau du mode peur et décide de l'assumer, d'accepter le risque.

À présent je dois oublier le public. Je dois retrouver mes réflexes de sportif de haut niveau, me recentrer sur la performance. J'ai infiniment confiance en mon roller, en ma faculté d'assurer une bonne réception en équilibre. C'est ma grande force. Mais j'ai deux craintes : tomber trop loin à fleur de la courbe et tomber trop bas, dans la partie la plus pentue. Cette éventualité est presque la plus dangereuse car il y a le risque de taper l'arête et de rebondir en dehors de la rampe. À l'instant de m'élancer, je suis troublé par l'émotion d'un moment à nul autre pareil, un moment qui restera gravé à jamais dans ma mémoire. Je suis en haut de la tour Eiffel. Paris est à mes pieds. Je sais que j'entre dans l'histoire du sport. Je ne veux pas que l'histoire soit dramatique. Instinctivement, je saute le plus loin possible.

Je m'engouffre dans un tunnel de vitesse et de mort au bruit du vent qui siffle à mes oreilles, fracassant, avec l'adrénaline qui décharge son onde dans tout mon corps. Je tombe. Je connais ces sensations, mais là tout est décuplé. Je me sens si fort... En trois secondes, je passe de zéro à cent kilomètres heure. L'adrénaline a pris possession de tout mon corps, comme une décharge électrique qui n'en finit pas. Je flotte, totalement dans l'air, jusqu'à ce que mes pieds touchent la rampe.

L'instinct de survie qui m'a fait sauter le plus loin possible ne m'a pas fait prendre la bonne option. Je ne tombe pas en équilibre sur mes patins. La réception est ratée. La frustration est terrible. Je connais mes capacités. Je me suis entraîné comme un fou ! Je suis l'ancien gamin qui rêvait de figures vingt-quatre heures sur vingt-quatre. Et la tour Eiffel, pour moi, c'est la figure ultime. Je n'ai qu'une idée en tête. Une unique envie. Un seul but. L'envie que tout *rider* qui se respecte aurait eue à ce moment-là : remonter là-haut, réussir cette fichue réception.

Ce n'est pas l'avis de mon entourage. Jonathan proteste aussitôt : « Non, non, c'est bon, le record du monde de saut dans le vide en rollers est validé... » Mes parents me tiennent le même discours : « C'est bon, tu l'as fait, reste ici ! » J'entends même le présentateur de W9 annoncer aux téléspectateurs qu'il va rendre l'antenne... Là, je m'aperçois que le saut a été programmé en toute fin du direct. Je suis abasourdi. J'imaginais remonter, communier à nouveau avec la foule et faire encore une ou deux tentatives. Je ne le savais pas, mais Jonathan et W9 avaient décidé de caler le saut à l'extrémité de l'émission afin de ne prendre aucun risque dans l'hypothèse d'un accident. C'était une erreur : ils auraient dû avoir plus confiance. Dommage. C'était aussi ma faute, car l'ordre de la retransmission était un point primordial que j'aurais dû pointer du doigt en réunion. On apprend tous de nos erreurs. L'important, c'est de ne pas les refaire. Mon prochain défi, à la télé, sera au milieu de la retransmission !

Quoi qu'il en soit, je n'en fais qu'à ma tête. Je crie : « Non, non, ne rendez pas l'antenne, je remonte, je saute et je réussis le saut ! » Le présentateur est déjà en train de remercier les téléspectateurs et d'annoncer la fin du programme. Je mets une pression énorme. Je refuse que l'antenne soit rendue. Tout le monde est déstabilisé. Je pars en courant jusqu'au pied de la tour Eiffel pour remonter le plus vite possible au premier étage. Malheureusement, l'ascenseur initialement prévu dans le budget pour me hisser jusqu'en haut de la structure avait été annulé faute de moyens suffisants... Je monte donc les marches métalliques en courant avec mes rollers. La situation est irréelle. À cet instant-là, je ne sais même pas si l'antenne a été rendue. Derrière une grande histoire, il y a toujours une petite histoire...

J'arrive en haut. Mes jambes sont lessivées. Lors de mon premier saut, la nacelle était placée à huit mètres. J'hésite à la monter à dix mètres. C'était mon intention initiale pour faire un record ultime. Mais, devant l'urgence, la pression du direct et la certitude que ce saut sera le dernier, je ne prends pas le risque de rater à nouveau l'essai.

La bonne nouvelle, c'est que le groupe M6 n'a pas rendu l'antenne. C'est suffisamment rare pour être souligné d'un double trait. Pour ce deuxième saut, je zappe le show avec le public. Pas le temps. En montant les escaliers de la tour Eiffel, j'ai pris la décision de ne pas me laisser tomber sur les fesses après le saut, quitte à me casser la jambe. C'était tellement frustrant esthétiquement de se faire chuter tout seul... À l'instant de prendre mon dernier élan, je rectifie la trajectoire pour ne pas tomber trop bas. Banco ! Cet essai est le bon. J'oublie néanmoins de rester en équilibre sur mes jambes. Instinctivement, je bascule sur les fesses dès que je franchis les marques du record du monde de saut dans le vide en rollers… La pression vient de me faire oublier ce que je venais d'inscrire en lettres capitales dans mon cerveau. Je m'en veux. C'est horrible. Mais le bonheur l'emporte sur les regrets.

Je pense à mes parents qui sont là, aux premières loges. À mon frère isolé au milieu de la foule. À Nicolas et Jonathan. À tous ceux qui sont là, et aussi à ceux qui ne sont pas là, comme le maire de Paris qui m'a tant aidé. Bertrand Delanoë m'a néanmoins appelé deux jours plus tard, et m'a dit toute sa fierté et sa reconnaissance d'avoir donné à l'événement une portée populaire et internationale puisque le record du monde de saut dans le vide en rollers a été retransmis dans cent soixante-sept pays. Il faut noter aussi que W9 a battu ce soir-là son record historique d'audience avec une moyenne de huit cent mille téléspectateurs sur une heure d'émission dont un pic à un million cent mille au moment du record. W9 était alors la première chaîne nationale chez les moins de vingt-cinq ans. Forcément, le maire de Paris était ravi de tous ces chiffres et plutôt satisfait de m'avoir fait confiance.

Jonathan et Nicolas étaient heureux aussi. Certes, ils n'avaient pas gagné d'argent, mais ils avaient réussi à valoriser leur image et celle de leur entreprise. Nous avons réussi une communication exceptionnelle pour l'opération M6 Mobile Mega Jump, et grâce à cela nous avons remporté une kyrielle de récompenses : le grand prix Stratégies du sport, le grand prix Stratégies de la communication et le prix spécial du jury lors du grand prix Kréa Anaé Bedouk 2011... On avait la sensation d'avoir créé une marque. On était désormais capable de la vendre aux quatre coins de la planète. La prochaine fois, on tâcherait seulement de la faire un peu moins chère et de la vendre un peu plus cher... Les politiques étaient soulagés également de la belle image donnée par la France, autour d'un monument icône de Paris, devant une jeunesse nombreuse et tranquille. Les sponsors enfin se félicitaient des chiffres d'audience et de l'impact du record qui a même trouvé sa place au 20 heures de TF1, présenté par Claire Chazal.

Quant à moi, j'étais sans doute celui qui émettait le plus de réserves. Bien sûr, je n'étais pas déçu. J'avais battu le record devant une foule record. Seulement je ne digérais pas d'avoir oublié de rester en équilibre sur mes jambes lors de la réception. Encore aujourd'hui, quand je revois la vidéo, les images gênent le *rider* que je ne cesserai jamais d'être. Mais je n'oublie pas qu'en l'espace de quelques secondes, je suis entré dans l'inconscient des gens. J'ai donné du rêve et de l'émotion. Et si je suis entré dans leur inconscient, ce n'est pas parce que j'ai fait un saut de quarante mètres avec des rollers, c'est parce que j'ai sauté de la tour Eiffel.

Finalement, ma plus grande victoire aura été de croire jusqu'au bout que tout est possible. Cette force irréelle parfois, cette certitude impérieuse, je les ai cultivées grâce à l'éducation de mes parents. En me laissant le choix d'aller ou non à l'école, ils m'ont toujours donné l'envie d'aller au bout des passions. Aller au bout de ses défis, penser que tout est possible, je me suis nourri toute ma jeunesse de cette philosophie. À partir du moment où je suis convaincu de quelque chose, je pense que les autres ont tort. Le record ? J'ai toujours pensé qu'il serait bénéfique pour les politiques, pour les partenaires, pour la jeunesse. J'ai toujours dit : « J'ai raison, vous avez tort. » Mais je l'ai toujours exprimé avec un sourire et des solutions.

Cette aventure formidable, je la raconte aux quatre coins du monde lors de séminaires organisés par le groupe Rhodia, IBM, Boucheron et autres. C'est d'ailleurs assez cocasse que je tienne des conférences devant des cadres ultradiplômés alors que je ne suis jamais allé à l'école.

Peut-être que dans quelques années, des jeunes se projetteront en moi, s'imagineront en haut de la tour Eiffel et se diront que tout est possible. Depuis ce saut de la tour Eiffel, depuis cet épilogue heureux, j'ai conscience que j'aurai toujours besoin de vivre avec un rêve majuscule. Sans projet, je ne me sens pas en paix. Sans défi, je ne suis plus en vie.

CHAPITRE 5

« Koh-Lanta » : télé mais pas réalité

On a tendance à essayer de tout expliquer, de tout disséquer. C'est une erreur. Il faut vivre le moment sans se poser de questions. Intensément. Il faut juste savoir pourquoi on agit, quel est notre moteur... Parfois, on fait les choses pour de mauvaises raisons. Je serais un menteur si je disais que j'ai participé à « Koh-Lanta » dans le seul dessein d'assurer une promotion hors normes pour mon record. La réalité était tout autre. Certes, si je n'avais pas eu cette idée en tête, j'aurais sans doute mis moins d'énergie pour m'envoler en Nouvelle-Calédonie. Mais j'aurais certainement essayé de participer, un jour ou l'autre, à l'aventure.

« Koh-Lanta », c'est le symbole de la survie par excellence. De l'aventure aussi. L'émission est adaptée du concept « Survivor », diffusée pour la première fois en Scandinavie, à la télé suédoise. Quatorze candidats doivent survivre sur une île inhabitée pendant vingt-trois jours. C'est à eux de trouver de la nourriture afin d'accompagner la maigre ration de riz qui leur est fournie en début d'aventure. Ils doivent construire un abri afin de se protéger des conditions extérieures. Le but est bien sûr d'être le dernier candidat dans le jeu après avoir éliminé les autres et surmonté toutes les épreuves en montrant le plus d'endurance et de résistance. Le vainqueur est en quelque sorte le meilleur Robinson Crusoé.

L'émission de télé-réalité culte de TF1 était baptisée pour l'occasion « Koh-Lanta, le choc des héros », et opposait des sportifs connus aux anciennes gloires du jeu. Il y avait deux facteurs qui me poussaient à tenter ma chance. Non seulement « Koh-Lanta » représentait une aventure touristique et humaine formidable – le genre de périple que j'avais vécu enfant avec mes parents, quand on avait traversé l'Atlantique sur un rafiot ou l'Amazonie en pirogue. Participer à « Koh-Lanta » était un vrai danger pour mon image. Mais ça ne me faisait pas peur. En tout cas, je prenais ce risque en conscience.

L'image des candidats est extrêmement importante dans une émission de télé-réalité. L'ambition de chaque production est de créer des histoires, de l'émotion, et pour cela tous les moyens sont bons, y compris écorner cette image. Je savais tout ça. Et j'en acceptais l'augure. J'étais même impatient de démêler les ficelles pour savoir ce qui se passe en coulisse, comment ça se passait en vrai. Quand le rideau tombe... J'avais l'habitude de la télé. J'avais accordé énormément d'interviews durant ma carrière. Mais les journalistes sportifs ont toujours le souci de donner une bonne image des sportifs et du sport – sauf dans le football, où l'argent parfois pourrit les relations humaines. Je n'étais donc pas préparé à éviter les chausse-trappes que ne manquerait pas de dresser la production sur mon chemin. Et pour « Koh-Lanta », en particulier, je voulais savoir si le jeu était aussi difficile que la rumeur le répandait. Ou s'il y avait une part de mythe volontairement grossie pour créer la légende. Je me demandais par exemple si on crevait vraiment de faim pendant l'émission.

Je me retrouve donc dans les airs, entre Paris et Nouméa. Dans l'avion, je m'endors. La tour Eiffel monopolise mes rêves. À « Koh-Lanta », je suis l'invité surprise, celui qui débarque quatre jours après les autres. La bonne nouvelle, c'est que ça me fait quatre jours de galère en moins. La moins bonne c'est qu'en quatre jours, dans des conditions aussi spartiates, un groupe se resserre humainement : au final, j'aurais préféré débuter l'aventure avec eux... Ce n'est pas grave. Je connais parfaitement des sportifs comme Frédérique Jossinet, triple championne d'Europe de judo, Frank Lebœuf, l'un des champions du monde 1998 et d'Europe 2001 de football, Djamel Bouras, champion olympique et d'Europe de judo, ou Gwendal Peizerat, champion olympique, du monde et d'Europe de danse sur glace. Ce sont tous des potes. Je connais moins Myriam Lamare, sept fois championne du monde de boxe, et Betty Lise, recordwoman de France du triple saut pendant dix ans, mais je me dis qu'entre sportifs le courant passera forcément.

Quand la liste des sportifs a été dévoilée, ç'a été la surprise générale. La presse annonçait depuis de longues semaines, avec beaucoup de certitudes, la présence de Laure Manaudou, Amélie Mauresmo, Sébastien Loeb, ou encore Philippe Candeloro. Personne ne s'attendait à ça. Au total, le roller passait devant la natation, le tennis et l'automobile…

Me voilà à l'aéroport international Nouméa La Tontouta, situé dans la commune de Païta à 52 km au nord-ouest de Nouméa. C'est là que tout commence. Ou plutôt que tout s'arrête. Je me sens surexcité malgré le long trajet via Osaka, et surtout très motivé, d'autant qu'un type de la production a confisqué mon téléphone, mon ordinateur, mon sac de fringues et ma trousse de toilette. C'est le top départ pour l'aventure !

Il n'en est rien. C'est le départ pour une chambre d'hôtel moyenne gamme, sans charme. Je suis cloîtré sans savoir quand l'enfermement va se terminer. Interdiction d'en savoir plus et surtout interdiction de sortir. Comme pour un criminel en escale, une fille de la production fait le guet devant ma chambre. Ça fait partie du jeu, sans doute. Peut-être même qu'avant moi Frank, Djamel, Gwendal et les autres ont été logés à la même enseigne. Dans la chambre, pas de téléphone, pas de télé, pas de livre, pas de quoi écrire, pas de montre. Rien. Juste moi et un lit. Un plateau-repas est annoncé le midi et le soir. Je m'inquiète. Combien de temps supporterai-je l'isolement ? Je décide néanmoins de passer une bonne nuit, en espérant que ce sera la dernière dans le confort. Quel désir bizarre…

Le lendemain, le plateau du midi me redonne la notion du temps. Mais je ne tolère plus l'enfermement et l'ennui. Je découvre pour la première fois mes deux ennemis. Mes réelles phobies. La seconde nuit arrive. Je craque. Je sors de mon personnage. Je hausse le ton contre la fille de la production, alors que la pauvre, évidemment, n'est pas responsable de la situation. Je force le barrage pour descendre à la réception. Aussitôt, elle me renvoie dans mes quartiers. Je n'ai pas quinze ans. Je n'ai d'ordre à recevoir de personne. Mes parents ont toujours exercé une autorité logique et argumentée. Je n'ai jamais subi d'autorité parentale basique, militaire. C'est d'ailleurs pour avoir refusé de faire le service militaire en Algérie que je n'y suis pas retourné depuis très longtemps, même si je pense qu'aujourd'hui le délai de prescription est passé. En tout cas, toute cette mise en scène me paraît ridicule. À tel point que je m'imagine vraiment rentrer à Paris pour travailler sur le projet de la tour Eiffel si la plaisanterie dure plus que de raison. Le lendemain, mon humeur maussade me donne le droit de passer un peu de temps à la piscine où on me met en contact téléphonique avec la production. Autre faveur : j'ai le droit de marcher vingt minutes sur la plage, « accompagné » bien sûr par la fille de la production. J'entends la mer depuis mon arrivée ici mais je ne l'ai pas encore vue. Je suis soulagé. Je ne suis plus l'homme qui a vu l'homme qui a vu l'ours…

La troisième nuit est la dernière. Le lendemain, une voiture m'attend pour une destination inconnue. Jusque-là, chaque fois que je mangeais, je me goinfrais plus que de raison en pensant que c'était la dernière fois. Là, je me rassasie encore davantage… Sauf que c'est réellement la dernière fois. La voiture s'arrête. Est-on arrivé près de l'île ? Pas tout à fait ! On me demande de me déshabiller complètement pour être certain que je n'apporte rien d'illégal sur le jeu, des briquets par exemple. Je me retrouve nu comme un ver devant un homme à la mine patibulaire. Il me tend mon sac de vêtements, me dit de me rhabiller. Il faut savoir que trois semaines avant le départ de Paris, on m'avait demandé de rassembler mes vêtements afin de masquer les marques… Me voilà enfin monté à bord d'un bateau. L'île est là. À deux pas. Pas de tourisme en perspective, pas de paysage à l'horizon, je suis enfermé dans la soute quand l'embarcation fait des ronds dans l'eau. Marche avant, marche arrière, demi-tour, pause : la plaisanterie continue… Histoire de me faire perdre les repères par rapport à la côte.

J'arrive sur l'île. Enfin. Je suis caché derrière un talus. « Va là-bas et tu vas les trouver », me lance un technicien. Je cours. J'aperçois Denis Brogniart, l'animateur. Il dit : « Maintenant, on accueille Taïg Khris ! » C'est soulagé, heureux et motivé que je retrouve les sportifs. Je suis stupéfait par leur mine déconfite, leur physique d'arbalète. Ils sont désemparés, déjà à bout de forces. Ils m'avouent ne pas avoir mangé depuis quatre jours. Il n'y avait donc aucune mythomanie autour de « Koh-Lanta », on y crevait réellement de faim.

Le jeu qui marque mon arrivée sur l'aventure est le jeu dit de l'anneau. Épreuve d'endurance par excellence, elle nous fait gagner un fusil harpon pour la chasse sous-marine. Justement, j'ai pratiqué la chasse sous-marine dans ma jeunesse lors de mes voyages avec mes parents. C'est mon frère qui excellait dans cet exercice, mais je devrais quand même pouvoir réussir à me rappeler deux ou trois conseils techniques pour maîtriser l'arme. En tout cas, ni Gwendal, ni Djamel, ni Frank ne se sentent capables de le faire. C'est ma chance : je vais pouvoir peser de toute ma fraîcheur pour aider l'équipe des sportifs à remporter le jeu. Bien sûr, j'évite de dire aux autres que mon frère était un champion en chasse sous-marine et moi un bidon… Dans toute ma vie, j'ai pêché jusqu'alors deux ou trois poissons. C'est peu. Mais beaucoup dans mon esprit, tant ma motivation est importante. En tout cas, les sportifs comptent sur moi.

Les deux premiers jours, je reviens bredouille. Je touche seulement un énorme diodon immangeable. Le fusil harpon est minable. Au lieu de posséder un fusil à cran, j'ai un fusil à trident qui ne transperce pas les poissons… Pour corser l'histoire, les poissons ne s'approchent pas de la côte. Je dois nager dix minutes avec des palmes pour rejoindre le large où s'amassent des requins. Toujours rien. On passe nos nuits à courir derrière des crabes ou des coquillages. On les écrase avant de les manger avec la coquille. « Koh-Lanta », c'est animal. C'est curieux et flippant d'avoir faim. C'est curieux et flippant de se réveiller le matin sans manger. C'est curieux et flippant de se coucher le soir sans avoir mangé. En deux jours, je perds autant de kilos que d'illusions. Mon short tombe sur mes genoux. Notre moral aussi.

On reprend des couleurs à l'évocation de la prochaine épreuve. Une épreuve taillée sur mesure pour nous. Il faudra toucher une bouée, plonger jusqu'à dix mètres de profondeur, toucher un palonnier, remonter, nager jusqu'à une autre bouée et passer le relais. C'est là que les sportifs ont perdu « Koh-Lanta ». Gwendal et moi, qui avions l'habitude de l'eau, proposons de plonger deux fois chacun pour soulager Frank et Djamel. Frank commet une première erreur sans conséquence. Il oublie de toucher la bouée avant de plonger. On possède néanmoins une longueur d'avance à la moitié de l'épreuve. En natation, avoir une longueur d'avance à mi-chemin, c'est comme être en tête en Formule 1 dans le dernier virage. « L'affaire est dans le sacre », comme dirait Antoine Blondin. Sauf grosse catastrophe, c'est plié.

La grosse catastrophe nous tombe dessus. En sortant de l'eau, Gwendal se trompe de direction et nage vers le large au lieu de nager vers nous. Il se rend compte de son erreur. Il n'est pas trop tard. Quand il passe enfin le relais, on vire encore en tête. Mais Gwendal copie et colle la même erreur avant de me donner le dernier relais. Cette fois, nous avons du retard. Je m'élance. Mais j'ai beau essayer de grignoter du temps, je suis battu sur la ligne d'arrivée pour quelques dixièmes de seconde. Un gouffre pour la suite du jeu.

On est extrêmement déçus. Forcément, on en tient un peu rigueur à Gwendal. Cela étant, l'erreur qu'il a commise, on aurait tous pu la commettre. Inévitablement, au moment des nominations, on décide de lui faire porter le chapeau. « Koh-Lanta » reste une épreuve où la performance est reine et a valeur de juge de paix. Mais Frank Lebœuf souffre de plus en plus douloureusement du dos. Il nous demande de l'éliminer pour abréger son calvaire. Pour ne pas citer tous son nom à la télé, on se répartit les votes afin qu'il soit éliminé sans que les téléspectateurs se rendent compte que le coup était préparé.

Frank qui part, ce sont les poissons qui arrivent. Enfin ! J'ai le déclic en pêche sous-marine. Après six jours passés sans rien à se mettre sous la dent, c'est un festin qui s'annonce. En douceur avec le mérou, en vitesse avec le poisson perroquet, en diagonale avec les mulets : pour chaque poisson, j'avais une technique adaptée. Celle que mon frère m'avait apprise. On se souvient toujours de la première fois. Ma première prise, c'est une grosse murène. Je la transperce derrière un rocher. Si j'enlève la flèche, elle se sauve. Gwendal se pointe à la rescousse avec un crochet. On n'est pas trop de deux pour la ramener au bord dans un combat de tous les instants. J'aurais volontiers pêché des petits requins mais la production me l'a interdit à cause des réglementations européennes. N'empêche, on tournait à six kilos de poisson par jour. Mon record, c'est dix-sept poissons en deux heures dans un rythme effréné. Ce chiffre me vaut d'être élu meilleur chasseur sous-marin de toute l'histoire de « Koh-Lanta ». Mais dix-sept poissons, ça veut dire dix-sept allers et retours pour les ramener au bord et revenir au large poursuivre ma tâche. Un jour donc, je décide de nouer une corde autour de ma taille pour y accrocher mes prises. C'est une idée malicieuse. Mais pas au goût de la production, qui tremble pour ma sécurité : l'afflux de sang autour de la corde aiguise l'appétit des requins…

Quoi qu'il en soit, on reprend des forces. L'aventure devient ludique et joyeuse. On construit des abris, des cages à poissons, comme celles que j'avais vues lors de mon enfance en Martinique, des sièges. C'est le bonheur ou ça y ressemble.

Le conte de fées se poursuit avec une épreuve d'apnée. C'est ma spécialité. J'enfile le costume du coach, exhorte les copains à ne pas craquer quand les contractions sont là, quand ça fait mal dans les poumons. Je leur conseille d'être relâchés, de ne pas aller trop lentement, ni trop vite. Ça se passe tellement bien qu'on remporte l'épreuve avant même que ce soit mon tour de me mettre à l'eau, grâce à Gwendal qui réalise une magnifique performance. On a le vent en poupe avant la réunification entre les sportifs et les anciens du jeu. Bientôt, il ne sera plus question d'équipe. Mais avant de fondre les équipes, il y a la célèbre épreuve du bambou. Un contre un. En face à face, il faut porter un bambou le plus longtemps possible. Cette épreuve était capitale. Les sportifs étaient en infériorité numérique, à cinq éléments contre six. Une victoire et on se retrouvait numériquement à égalité, ce qui relancerait forcément les dés. Un échec et les quatre sportifs étaient condamnés à une mort lente après la réunification des équipes devant la solidarité évidente et annoncée des anciens de « Koh-Lanta » qui promettaient d'éliminer les candidats sportifs.

La question qu'on se posait, et ce n'était pas la moitié d'une question, était à deux tiroirs. Qui défendrait nos couleurs pour cette épreuve ? Est-ce que notre candidat assumerait l'échec – si échec il y avait – en se retirant du jeu ? On discute. On débat. On hésite entre Myriam Lamare, volontaire elle aussi, et moi. L'épreuve me paraît extrêmement facile. Je pense tenir plus d'une heure. Mon excès de confiance m'aveugle. Je dis : « Faites-moi confiance, si je perds, c'est moi qui pars ». J'ai toujours foncé dans ma vie, un peu aveuglément certes, mais toujours avec du courage et de la conviction. J'ai toujours affronté les problèmes les uns après les autres. Ça a souvent été gagnant. Là, je ne sais pas que je vais prendre une claque magistrale. Au moment où je m'avance vers l'épreuve, Djamel Bouras, Myriam Lamare et Frédérique Jossinet me rattrapent. Ils n'adhèrent plus à ma proposition d'assumer un éventuel couac. Sûrement parce que je ramenais six kilos de poissons par jour, parce que j'étais plutôt à l'aise dans les épreuves, ils s'opposent même fermement à mon départ. Djamel m'annonce leur stratégie. Elle est claire : en cas de défaite, il faut rester sur nos positions initiales. C'est Gwendal, sur la sellette depuis longtemps, qui devra rendre son tablier. Je regarde Myriam et Frédérique. Je leur demande une confirmation. Elles acquiescent de la tête. Sur la forme, j'opine du bonnet. Sur le fond, je ne m'en fais pas pour Gwendal tant je suis persuadé de gagner. C'est une erreur. J'aurais dû faire demi-tour, le prévenir de cette décision d'équipe. Et lui proposer de prendre lui-même ses responsabilités dans cette épreuve. Encore aujourd'hui, je regrette de ne pas l'avoir fait. Ça m'aurait évité de porter le chapeau au nom de toute l'équipe.

L'épreuve commence. Me voilà face à Christina, ancienne gagnante de « Koh-Lanta ». En tant que fille, elle prend évidemment un bambou plus léger que moi. Mais peu importe le poids. C'est l'endurance des bras qui fera la différence. Moi qui voyais cet épisode comme une formalité, je tombe de très haut. Au bout de deux minutes, mes muscles se tétanisent et mes bras ne répondent plus. Est-ce que je paye cash mes deux opérations de l'épaule ? En tout cas, je suis tout d'un coup très pessimiste : j'ai commis une belle erreur et mon excès de confiance me sera fatal. J'essaye de résister le plus possible. Je serre les dents. Je change de position. Rien ne fonctionne. Ni le mental, ni ma force ne pourront me sortir de là. Mes bras ne répondent plus. Mon corps tremble. Je lâche, au bout de sept minutes qui me paraissent une éternité. Christina m'avouera plus tard qu'elle était à deux doigts de craquer, elle aussi. On a péché par manque d'expérience, laquelle était évidemment la plus sûre valeur ajoutée des anciens de l'émission. Ce n'était pas une épreuve de force mais une leçon d'endurance à réciter. Avec les bras vers le haut, le sang ne descend pas et les muscles s'engorgent à grande vitesse. Dans cette épreuve, le petit gabarit de Christina était un atout indéniable puisque sa masse musculaire était forcément inférieure à la mienne.

Le casse-tête physique laisse place au casse-tête moral pour les éliminations. Entre le choix de me sacrifier après ma défaite ou de respecter la volonté de Djamel, Frédérique et Myriam, le choix est cornélien. Je suis torturé. J'ai envie d'aller le plus loin possible dans l'aventure, mais éliminer un ami est atroce. Je n'ai pas réussi à rattraper notre retard sur les épreuves de natation. Nous sommes donc toujours en infériorité numérique. Après une douloureuse réflexion, je me range derrière l'avis du plus grand nombre. Si l'aspect humain est important, le jeu reste une compétition. Et les choix doivent se faire au nom de l'équipe et en son seul nom. En l'occurrence, je prends la décision d'éliminer Gwendal. Pour lui, le choc est rude. Malgré les explications de Myriam, Frédérique et Djamel, il vit sur le coup cette « sanction » comme une injustice.

Aujourd'hui, un an après l'émission, même si tout cela est oublié, je sens qu'il n'a pas totalement digéré cette épreuve. On s'appelle, on prend des cafés, mais je sais qu'il s'est senti trahi. Je m'excuse envers lui de ne pas être allé lui parler. Si je devais revivre ce moment-là, j'aurais exigé qu'on refasse une réunion de groupe après que Djamel et les filles étaient venus me parler. Ce qui est également frustrant, c'est que je me suis excusé auprès de Gwendal pendant l'émission, que Djamel et les filles lui ont expliqué que c'était une décision de la collectivité et pas seulement la mienne, mais tout cela a été coupé au montage. Le pire, c'est que Djamel a demandé d'être éliminé du jeu à la première occasion, après la réunification. Tout ça pour rien... Comme pour le départ de Frank Lebœuf, on a rivalisé d'excuses bidons pour masquer notre arrangement.

Le départ de Gwendal puis de Djamel me saccage le moral. Le jeu est fini pour moi. Je n'éprouve plus aucun plaisir. Je ne suis pas venu ici pour vivre des guerres intestines avec des potes et endosser le mauvais costume du stratège, du calculateur. Je suis démoralisé. Les ennemis sur l'île, ce sont la faim et l'ennui.

Pour la faim, j'avais trouvé la clef avec la chasse sous-marine. Pour l'ennui, c'était Frank et Djamel qui le brisaient avec leur caractère et leur humour. Frank Lebœuf est facile à vivre. Il est drôle. Il blague en permanence. Djamel Bouras, lui, entonnait nuit et jour tout le répertoire de Brassens. Du coup, je me sens isolé avec Frédérique et Myriam au milieu des anciens de « Koh-Lanta » avec qui je n'ai pas eu le temps de briser la glace.

Il y a un phénomène qui m'a toujours échappé dans les jeux de télé-réalité. Je ne comprends pas comment, en l'espace de quelques jours, on peut tenir des propos désobligeants ou même violents sur quelqu'un. Et inversement, comment on peut déverser toutes les larmes de son corps quand une personne s'en va… Je ne me sens pas à ma place sur ce terrain-là.

Après la réunification, on navigue dans des profondeurs de médiocrité dont on n'imagine pas l'amplitude. Vilipendé pour avoir mal fait la vaisselle. Tancé pour n'avoir pas remis une bûche sur le feu. Voilà notre quotidien… Intellectuellement, ça ne vole pas haut. Je suis d'autant plus sensible à ces échanges de cours de récréation que le jeu ne m'amuse plus. Je recherche le sel du début de l'aventure. En vain ! Le pire, c'est que je trouve tous les anciens plutôt sympathiques, certains plus marrants, d'autres plus posés. Personne n'avait un mauvais fond. Dans d'autres circonstances, on aurait même pu devenir amis.

Je ne peux même pas m'évader pour pêcher. Il y a beaucoup de bancs de sable sur la nouvelle île où nous nous trouvons après la réunification. Mais la production m'empêche de m'aventurer trop au large à cause des requins. On maigrit à vue d'œil. Décidément, ce n'est pas la fête. Et puis les épreuves ne sont pas à mon avantage. Les éliminations succèdent aux éliminations. Je passe entre les gouttes car ma faiblesse dans les épreuves statiques ne fait pas de moi un danger pour la victoire, contrairement à Myriam et Frédérique qui gagnent beaucoup d'épreuves individuelles. En plus, je m'entends parfaitement avec tout le monde, ce qui m'assure une certaine espérance de vie sur l'île. Frédérique nous quitte rapidement. La solidarité des anciens de « Koh-Lanta » est aussi solide qu'une porte de la banque de France. Elle a seulement été ébranlée quand Christina, victime d'une baisse de moral, a demandé à quitter la Nouvelle-Calédonie.

Je compte les heures, désormais. Il tombe des trombes d'eau pendant deux jours et une nuit. On dort sous la pluie, dans le froid. Les scorpions sont nos compagnons les plus fidèles... On se réveille avec des mains en caoutchouc comme lorsque l'on reste trop longtemps dans son bain. J'ai perdu huit kilos en quatorze jours. Je fantasme sur des bananes ou une belle salade

César. Pour autant, je n'imagine pas quitter le jeu volontairement. Quand je déprime sévèrement, je m'efforce d'être positif. Je braque alors mon regard sur la France, sur Paris, sur le Champ-de-Mars, sur la tour Eiffel où j'ai rendez-vous avec mon destin.

Mon destin est scellé après un parcours du combattant hommes contre femmes. Mon point fort, vu mon endurance. Je remporte l'épreuve chez les hommes. Myriam Lamare triomphe chez les femmes. De l'immunité dépend alors notre survie. Celui qui remporte l'immunité ne peut pas être en effet éliminé par les anciens de « Koh-Lanta » qui continuent à lessiver les sportifs, les uns après les autres. L'épreuve d'immunité est simple comme un jeu de cour de récréation. Il faut jeter un crochet pour rapporter une pierre. Le but est de prendre la pierre par n'importe quel moyen, même si c'est l'adversaire qui l'accroche. C'est le prix de la survie dans « Koh-Lanta ». Après de multiples tentatives, Myriam a un éclair de lucidité. Elle ramène la pierre d'un coup de crochet très sec. J'aurais pu me baisser et attraper la pierre. J'avais le temps. Mais pas l'envie. J'aurais trouvé ça bas et hypocrite : Myriam avait tout simplement été plus forte.

Me voilà éliminé de « Koh-Lanta ». Pour dire vrai, j'en suis vraiment content. Ni regrets, ni remords. L'ennui et l'enfermement étaient des plats que je n'aimais décidément pas. Ce sont d'ailleurs mes deux uniques phobies. L'ennui et l'enfermement m'ont perturbé beaucoup plus que je ne l'aurais imaginé. Les deux axes de ma vie sont l'occupation et l'action. C'était trop difficile de me nier à ce point-là. Il est seulement dommage que je n'aie pas eu l'occasion de disputer l'épreuve suivante, celle de la marche en équilibre sur les bambous. Je l'avais en effet préparée à l'École du cirque de Paris... D'autant plus que ce n'était pas l'épreuve idéale pour Myriam, qui me succédera au rayon des éliminations. Pour le reste, peu de regrets : un jour d'ennui sur « Koh-Lanta », c'est le jour le plus long de ta vie.

La perspective de manger à ma faim, l'idée de clouer le bec à ce ventre qui hurlait sa peine depuis plus de dix jours obnubilent mes pensées. Avant de goûter cette liberté recouvrée, je donne une ultime interview. Au-delà de ma satisfaction d'avoir participé à ce rendez-vous emblématique de la télévision hexagonale, je donne rendez-vous à tout le monde pour mon événement de la tour Eiffel. Malheureusement, cette invitation est coupée au montage. TF1 ne souhaitait pas faire de pub à M6... Je patiente encore quelques jours avant de quitter la Nouvelle-Calédonie. Les dix derniers éliminés votent à la fin du jeu pour départager les deux finalistes. Je retrouve avec bonheur Djamel et Frédérique. Au prix d'un forcing de chaque instant auprès de la production, je récupère mon téléphone et mon ordinateur. Je goûte cette faveur à sa juste mesure. Et puis on va aux commodités normalement. Inutile de préciser que ça change la vie. On redevient des humains. On mange à notre faim, aussi. C'est un soulagement autant qu'un délice. On se rase. Je me regarde dans une glace pour la première fois depuis que j'ai posé les pieds sur le tarmac de l'aéroport international Nouméa La Tontouta. Je suis choqué. C'est comme si mon cerveau avait muté dans la peau d'un autre. Je suis méconnaissable avec l'arcade ouverte, huit kilos en moins et la barbe en plus.

Même loin de la Nouvelle-Calédonie, « Koh-Lanta » n'est pas encore complètement fini. Il reste un virage important à négocier adroitement. Il s'agit de la finale retransmise en direct sur TF1. Je me réjouis d'assister au sacre de Grégoire, qui avait été élu meilleur aventurier de l'édition 2007. Le beau gosse de l'équipe des anciens, jardinier de son métier, remportera la cagnotte de cent mille euros. C'est un sacre très mérité, physiquement comme humainement. Je me félicite aussi d'avoir la chance unique de faire la promotion de mon événementiel à la tour Eiffel, devant des millions de téléspectateurs. Une semaine pile-poil avant le rendez-vous : il y a des heureux hasards.

Je n'oublie pas que j'ai participé à « Koh-Lanta » avec cette ambition-là gravée à l'esprit. C'est le moment ou jamais. J'ai investi toute mon énergie et toutes mes économies dans le projet de la tour Eiffel, le défi ultime de ma vie. J'imagine aussi l'impatience de Nicolas Dudowski chez Double 2 et de Jonathan Politur chez Puzzle Media. Sans parler de celle de tous mes partenaires en général et de Ronan Dubois en particulier, soucieux certainement d'entendre parler du M6 Mobile Mega Jump.

On est le samedi 22 mai. Je suis en direct sur TF1. Et une semaine plus tard, le 29, je serai à la tour Eiffel. Le direct, c'est fabuleux. On peut dire ce qu'on veut. En plus, je suis sûr que Denis Brogniart me donnera largement la parole. Denis est un pote que je croise souvent autour d'événements. J'entretiens de très bons rapports avec lui. D'ailleurs, c'est quand même lui qui a usé de toutes ses relations et de tout son poids dans la maison TF1 pour que je sois à l'affiche de ce « Koh-Lanta » extraordinaire.

La dernière émission du « Choc des héros » va devenir le choc des désillusions. Le comportement de Denis Brogniart à mon endroit me choquera de la première à la dernière seconde. Même si je sais que Denis prend ses décisions en accord avec la production, j'ai été très remonté contre lui ce soir-là. Avant les trois coups du direct, Denis me parle d'une gestion du temps très compliquée. Il m'assure que je n'aurai pas le temps de parler de mon événement à la tour Eiffel. Il me jure aussitôt qu'il en parlera lui-même. Même si je sais que Denis ne prononcera pas le nom de mes sponsors, qu'il ne fera pas la promotion de l'événement aussi parfaitement que j'aurais pu le faire, j'accepte de me taire et de le laisser faire. Car je respecte les gens qui me respectent. Il s'était battu pour moi. Il me paraît normal de respecter sa demande.

C'est parti pour le show ! Ce n'est pas une émission, c'est un traquenard. Un piège dans lequel tous les coups sont permis pour me faire chuter. On sait tous que les sportifs ont perdu « Koh-Lanta » pour avoir été en infériorité numérique après la réunification. Pourtant les reportages ciblés, les montages à charge n'ont d'autre but que de me faire porter la responsabilité de leur défaite. En direct, c'est encore pire. Connaissant le goût de Djamel Bouras pour les blagues, Denis Brogniart lui demande pourquoi les sportifs ont perdu « Koh-Lanta ». Djamel se lève, me montre du doigt. Il dit : « Taïg a perdu l'épreuve du poteau : c'est sa faute. » C'est évidemment du second degré. J'en ai voulu à Djamel. Je me suis expliqué avec lui. Il peut faire des blagues en petit comité – moi-même elles me font rire –, mais devant sept millions de Français c'est hors sujet. Il avait déjà blagué sur ce sujet. C'était même devenu un jeu entre nous et la production. Denis Brogniart savait où il mettait les pieds à l'instant de poser sa question.

L'histoire se serait arrêtée là qu'elle aurait été déjà très difficile à avaler. Mais la soupe à la grimace est un plat qui repasse. Denis Brogniart enfonce le clou et assène : « Alors, Taïg, vous avez été battu à l'épreuve du poteau : vous portez la responsabilité de la défaite des sportifs. » Je suis sous le choc. Je reprends néanmoins mes esprits. Et lui renvoie mes propres arguments pour recadrer le débat. Déjà, c'était un peu sexiste de trouver anormal que j'aie perdu face à une femme. Christina avait tout simplement été plus endurante que moi ! Ensuite, je mets le doigt sur l'épreuve de natation comme épicentre de notre défaite : les sportifs avaient perdu la supériorité numérique à ce moment-là. Denis me coupe la parole sèchement, assurant qu'on ne doit pas parler de l'épreuve de natation et qu'on ne verra aucune image – alors que, dans le même temps, un montage sur l'épreuve du bambou passe en boucle sur les écrans… Quand il reprend l'antenne, il me met une nouvelle fois dans les cordes en me posant une question destinée à provoquer de ma part des excuses publiques pour avoir éliminé Gwendal. Pour moi, une telle chose était impossible. Évidemment, cette situation m'avait fendu le cœur. Mais j'avais fait le choix de suivre la majorité de l'équipe, et j'assumais cette décision.

Je me rends bientôt compte que Denis, TF1 et la production ont un seul et unique objectif :

ma repentance, en public. Ils essayent par tous les moyens de me faire craquer. Mais je ne leur donne pas ce plaisir. Denis n'écoute pas les réponses et continue d'insister : « Alors, Taïg, vous regrettez… Alors, Taïg, si c'était à refaire… Alors, Taïg, vous avez trahi l'amitié de Gwendal… » Je ne suis pas en direct à la télé. Je suis sur un ring de boxe. C'est un véritable matraquage médiatique. Dans ces dix, vingt minutes de cacophonie sans queue ni tête, quelle place accorder à mon événement de la tour Eiffel ? Je n'aborde pas le sujet pour respecter la parole donnée à Denis, mais réalise bientôt que son argument sur un temps précieux d'émission ne tient pas. En retour, pour me remercier sans doute, il s'entête. Il s'obstine à réécrire l'histoire à mon détriment. À un moment donné, je suis rentré dans une colère noire. J'ai failli exploser en direct. Heureusement, j'avais l'expérience de la télé. Heureusement ! Sinon je me serais fait retourner dans tous les sens et manipuler comme un bleu…

Bien sûr, c'était plus vendeur de montrer l'histoire du poteau plutôt que l'épreuve de natation. Quand Denis Brogniart fait son lancement en fin d'émission, pris par la colère, je viens me placer à ses côtés. Un instant, j'hésite à prendre la parole pour annoncer le M6 Mobile Mega Jump. Mais je ravale ma salive. Une fois l'antenne rendue, je cours dans les couloirs des studios de la Plaine Saint-Denis et saute dans le moto-taxi qui m'attend pour m'emmener juste à temps à l'auto-promo programmée à la tour Eiffel, lors du départ de la randonnée roller. Certaines personnes ont pensé que j'étais parti aussi vite parce que j'étais fâché... Ce n'était pas le cas.

Le lendemain, la colère se dilue dans le thé du matin. Je décide d'envoyer un e-mail à Denis pour lui dire ce que j'ai sur le cœur. À peine ai-je ouvert mon ordinateur que je reçois de sa part un courrier électronique assez corsé. Il y exprime sa déception devant mon comportement lors du direct... C'est le monde à l'envers. Ma réponse est cinglante et épicée, justifiée surtout. Il m'avait promis une prochaine explication. J'ai enfin eu cette explication, récemment, lors d'un match de tennis. On s'est isolés, et on a parlé. Il m'a assuré ne jamais avoir eu envie de me piéger. Il m'a assuré aussi que des excuses en direct auprès de Gwendal auraient été bonnes pour mon image. Il y avait un manque évident de compréhension entre nous. Mais on s'est serré la main, pour tourner définitivement cette page.

Il était prégnant en tout cas que mon image avait souffert de cet épisode. Si la télé-réalité était un jeu, c'était un jeu dangereux. Un engrenage périlleux, dont on connaissait le début mais pas la fin. Une manipulation de la personnalité de chacun dont il fallait accepter les règles. Il y avait l'opportunité de gagner beaucoup de notoriété. Il y avait l'écueil d'y laisser des plumes et de perdre beaucoup d'humanité. Pour autant, pas une seule seconde, pas une seule fois je n'ai regretté d'avoir participé à « Koh-Lanta ». D'abord, j'avais vécu une aventure iconoclaste, singulière, qui m'avait beaucoup appris sur moi. J'avais pu affronter par exemple ma phobie de l'enfermement, ma peur de l'ennui. Et puis, j'avais eu la chance de créer un authentique buzz sur mon nom dans l'optique du record de la tour Eiffel. Je m'étais offert une communication qu'aucun média n'aurait pu me proposer en si peu de temps ! Non, je refusais de cracher dans la soupe. Il fallait juste savoir où l'on mettait les pieds. D'ailleurs, quand le train de la télé-réalité s'est arrêté une deuxième fois en gare, je suis remonté dans le train sans me poser de question. La destination n'était plus la Nouvelle-Calédonie, mais l'Inde. Le voyagiste n'était plus TF1 pour « Koh-Lanta », mais M6 pour « Pékin Express »...

CHAPITRE 6

« Pékin Express » : gloire et déboires

Le plat de la télé-réalité repasse si vite que je n'ai pas le temps de réfléchir. À peine le direct de « Koh-Lanta » terminé, à peine les lampions de la fête de la tour Eiffel éteints, j'apprends au détour d'une conversation qu'un « Pékin Express » des célébrités est dans les tuyaux. Ma force, c'est de communiquer avec les gens, de dialoguer, de parler, de questionner. Un « Pékin Express » des célébrités, c'est une nouvelle chance. Il faut la saisir comme on saisit une balle au bond. Avec « Koh-Lanta », « Pékin Express » est la seule émission de télé-réalité qui m'attire. Qui me fait rêver. Le concept de « Pékin Express » est simple. Douze candidats, par équipe de deux, s'affrontent lors d'une course disputée sur un continent étranger. La règle du jeu veut qu'un euro par jour et par personne soit mis à la disposition des participants, ces derniers sollicitant alors les peuples locaux pour être pris en voiture, nourris et hébergés. L'alchimie entre les notions de survie et le contact humain avec les autochtones me séduit vraiment.

La première saison des célébrités réunit six binômes de personnalités. Victoria Monfort et Frédéric Lama, l'équipe des « fille et fils de... », Stéphane Plaza et Sandrine Corman, l'équipe des animateurs M6, Alain Bouzigues et Jeanne Savary, l'équipe de « Caméra Café », Emmanuel de Brantes et Albert de Paname, l'équipe des dandys, Isabelle Morini-Bosc et Christian Califano, l'équipe des experts, sans oublier Chloé et moi. Nous devions parcourir de quatre à cinq mille kilomètres, du nord de l'Inde au pied de l'Himalaya jusqu'à l'océan Indien, en coupant par Delhi et le célèbre Taj Mahal. Les gains remportés lors de cette édition sont reversés à des associations.

Comme avant de participer à « Koh-Lanta », je prends très rapidement langue avec la direction de M6. Mais là, c'est plus facile. M6 est une grande famille dont je fais partie. Du directeur général au président, ce sont tous mes potes, et ils trouvent que l'idée est plutôt très bonne. Mais ce n'est pas l'avis de Jonathan et Ronan Dubois : ils craignent que je ne finisse par indisposer les téléspectateurs, dans une logique « trop de Taïg Khris tue Taïg Khris ». Le départ pour « Pékin Express » est programmé au mois d'août pour une première diffusion en octobre 2010, soit cinq mois seulement après « Koh-Lanta » et l'événement de la tour Eiffel. De plus, comme toutes les émissions de télé-réalité, celle-ci risque de nuire à mon image si cela se passe mal.

Jonathan parle. Je l'écoute. Mais je décide quand même de n'en faire qu'à ma tête. Je donne donc mon accord à M6, convaincu d'avoir fait le bon choix. À « Koh-Lanta », j'ai très mal vécu les problèmes de faim, d'ennui et le système d'élimination entre les participants. À « Pékin Express », je ne retrouverai rien de tout cela. Avec un euro par jour en poche, on mange en Inde. Et le concept même du jeu est une guerre permanente contre l'ennui. La durée du jeu pour cette version « célébrités » a aussi été ramenée à vingt-trois jours, ce qui me laissera une petite fenêtre pour passer quelques heures de vacances avec Petra, mon amoureuse. Jonathan finit par me dire : « OK, mais tu as intérêt à gagner… »

Sans entendre le ras-le-bol exprimé par Petra qui voit nos vacances ensemble se rétrécir comme peau de chagrin, je fonce dans l'aventure « Pékin Express ». Pour qu'on ne se sépare pas, je propose à Petra de participer à l'émission avec moi. Mais elle a peur de mettre en danger sa carrière de mannequin. Et comme elle ne maîtrise pas complètement la langue française, elle ne veut pas participer à une émission diffusée en France sans s'exprimer parfaitement. Petra n'est donc pas là. Mais Chloé est à mes côtés. Chloé est la candidate malheureuse de la saison n° 5, éliminée après l'abandon de sa partenaire Anne-Marie. C'est aussi une jeune maman trentenaire à l'accent marseillais, une petite brune pleine d'énergie avec un regard très pétillant. Elle rêvait de prendre sa revanche. Sa première participation au jeu avait été marquée par le décès de son père, grand aventurier. Elle avait tenu à lui rendre hommage. Pour ma part, j'ai le meilleur rôle de l'émission. J'endosse les habits de lumière du chevalier blanc. Je dois aider Chloé à réaliser son rêve.

Chloé, c'était une inconnue pour moi. On aurait pu aller au clash. Il n'en est rien. Au contraire, je profite pleinement de son expérience dans le jeu. Elle en connaît les ficelles. On forme un très bon duo en terme de débrouille. Notamment pour obtenir les bonnes voitures. Car la clef de « Pékin Express », c'est d'obtenir les bonnes voitures. « Pékin Express » n'est pas un jeu excessivement physique. Même si parfois, il faut courir pendant dix heures durant dans un état de tension et de stress permanent. « Pékin Express » est un exercice de dynamisme et d'intelligence dans la manière de s'adresser aux autres en général et, en l'espèce, aux Indiens en particulier. Je plaçais les quelques mots d'indien que je maîtrisais. C'était indispensable car il n'y avait quasiment aucun touriste. J'essayais de convaincre en anglais.

Mais surtout, Chloé est ultra-motivée. Plus que moi. À vrai dire, je n'affiche aucune ambition sur ce jeu. Vraiment. Une victoire ne changera rien à ma vie. En fait, j'ai déjà décidé de prendre le jeu comme il vient, sans me poser de questions. Si je suis éliminé, ce ne sera pas un drame. Loin s'en faut ! L'autre programme est aussi exaltant : rentrer à Paris, profiter de Petra et des vacances... Cela dit, il est évident pour moi que j'irai au bout de ma performance, et à deux cents à l'heure.

« Pékin Express » est une émission taillée sur mesure pour moi. Pas d'enfermement, aucune stratégie d'équipe, plus de libertés : moins oppressant que « Koh-Lanta » ! Si on nous a enlevé nos téléphones dès notre arrivée en Inde, on nous les rend un soir sur deux. Je peux gérer mes e-mails et appeler Petra. Que demande le peuple ? À l'arrivée à New Delhi, l'aéroport international Indira-Gandhi, moderne et gigantesque, est un coup de poing dans l'œil. Bienvenue dans le monde de la démesure, du délire et du dément.

Après un crochet à l'hôtel et une nuit de sommeil trop courte pour réparer les cinq heures de voyage, un bus nous attend. Destination inconnue... Deux heures plus tard, nous arrivons devant un hélicoptère, sur une vieille piste d'aéroport. La crispation des regards et les torrents de pluie qui se déversent sur le toit du bus n'augurent rien de bon. Le voyage en hélicoptère est trop dangereux. L'aventure se poursuit donc en bus. Nous sommes épuisés. Les deux heures déjà passées à l'intérieur de cet engin couleur locale, dépourvu de fenêtres pour que nous ne puissions pas voir à l'extérieur, nous ont paru durer une éternité. Cette fois, quatorze heures de route s'offrent à nous. La dernière heure est dantesque. Entre un déluge de boue incessant et une embarcation flirtant dangereusement avec un ravin à la profondeur inquiétante, l'ardeur de tous se refroidit. Le drame rôde autour de nous. Devant nous et derrière nous, des bus bondés tombent dans le précipice, multipliant les pertes humaines. C'est la stupeur. Enfin le chauffeur coupe le moteur devant une usine désaffectée, près du village indien de Sumda Chenmo, rendu inaccessible par une rivière sortie de son lit.

Pour notre première nuit, il y a deux options. Certains décident de dormir dans l'usine, d'autres optent pour une nuit à la belle étoile. Je monte ma tente, à l'extérieur, sur des cailloux. Malgré le froid, je me lance un défi et dors vêtu d'un simple tee-shirt. Je grelotte un peu, mais l'idée d'alléger au maximum mon sac à dos pour l'aventure me réchauffe…

Le lendemain, nous ne faisons que quelques kilomètres en bus pour rallier le village de départ : Gangotri, au pied de l'Himalaya. La pluie a cessé enfin, pour notre plus grand soulagement. Le paysage est néanmoins ravagé. C'est le calme après la tempête. Les inondations qui ont frappé la région himalayenne du Ladakh, dans le nord de l'Inde, ont eu la main lourde. Au total, près de six cents personnes ont trouvé une mort tragique. Leh et toute la vallée de l'Indus ont connu un phénomène météorologique exceptionnel. Les nuages qui s'étaient accumulés sur la chaîne du Ladakh ont provoqué des pluies torrentielles. Ces pentes sans aucune végétation et peu habituées à recevoir autant d'eau ont été lessivées, donnant ainsi naissance à des torrents de boue épais, des crues fortes et des glissements de terrain sans précédent, qui ont tout emporté sur leur passage. Des rochers, parfois énormes, débarrassés de la terre qui les retenait, ont alors dévalé les pentes, ajoutant leurs dégâts aux effets dévastateurs de la pluie.

C'est dans ces conditions apocalyptiques que sonnent les trois coups du vrai départ. Quatre mille kilomètres de route, trente-deux jours de compétition, huit étapes, six tandems : le décor de « Pékin Express, duos de choc » est planté. L'Inde, pays des mille couleurs et des mégalopoles, s'offre à nous. Le périple débutera à la source du Gange, au nord du pays. Puis direction Rishikesh, ville où les vaches sont considérées comme de véritables déesses vivantes. Deux jours sont ensuite programmés dans la capitale, New Delhi. La quatrième étape promet d'être marquée par la découverte de l'une des sept merveilles du monde : le Taj Mahal. Quête des sens pour l'épisode suivant, au cours duquel nous découvrirons les sculptures très explicites des temples Khajuraho. La sixième étape rendra hommage au *Livre de la Jungle* avec l'exploration de la savane indienne. Pour la demi-finale, place à l'hindouisme : les derniers en lice exploreront la religion du pays. En apothéose, la finale se déroulera à Pondichéry, ancien comptoir français au sud-est du pays, enclavé dans l'État du Tamil Nadu et dont l'effervescence portuaire est liée à son activité de tissage du coton.

Les deux premiers jours sont perturbés par le ciel. Ils sont rythmés par les éboulements. Des rochers de cinq à dix mètres de diamètre écrasent la route et créent des failles énormes devant nous. Les candidats se demandent ce qu'ils sont venus faire dans cette galère. Au moment de franchir, à flanc de précipice, un rocher haut comme deux étages, la tension monte. Des cris et des pleurs fusent. Les nerfs craquent. Victoria Monfort est tétanisée. Le danger est sous nos pieds. Un pas de travers, une glissade incontrôlée, et c'est un voyage sans retour dans le ravin. Personne n'est venu en Inde pour mourir. La concentration de chacun est notre plus sûre alliée.

L'aventure commence assez bien pour Chloé et moi, qui nous adjugeons la première et la troisième étape respectivement devant Emmanuel de Brantes/Albert de Paname et Stéphane Plaza/Sandrine Corman. Au cours de la seconde étape, la montagne s'efface au profit de la campagne avec ses villages, ses agriculteurs, ses rizières et ses légendaires vaches sacrées. Nous commençons à être sérieusement éprouvés. L'international de rugby, Christian Califano, dira qu'un « Pékin Express », ça vaut trois Paris-Dakar... On monte néanmoins sur la troisième marche du podium derrière Victoria Montfort/Frédéric Lama et Stéphane Plaza/Sandrine Corman.

Je ne peux rêver meilleure entame de jeu. Il faut néanmoins dissocier le fond et la forme. Sur le fond, notre association avec Chloé est prometteuse, humainement et sportivement. Sur la forme, je sens que la production de « Pékin Express » essaye de me faire endosser un costume qui n'est pas le mien, de me circonscrire au rôle étriqué du compétiteur sans états d'âme, du sportif prêt à tout pour s'imposer. C'est complètement hors sujet. Une élimination et je m'envole, avec le sourire, pour la Grèce avec Petra. Qui plus est, le règlement de « Pékin Express » ne se prête pas à nourrir pareilles ambitions de victoires. Outre la chance indispensable sur ce genre de jeu, il faut composer avec un partenaire – Chloé n'était pas sportive – et oublier les réflexes du sport individuel. Il fallait être sacrément sûr de soi ou inconscient pour prétendre remporter le jeu. Il fallait être tout aussi naïf pour ne pas comprendre que le format court des retransmissions à la télé ne permettait pas à la production de donner la parole à chaque candidat. Il était donc plus simple pour elle de les enfermer dans des personnages figés et un peu caricaturaux afin de permettre aux téléspectateurs de faire plus facilement la différence entre les équipes…

La télé-réalité, c'est plus du cinéma que de la télé. Un scénario, préalablement écrit, sert de feuille de route au montage de l'émission. Comme ceux de « Koh-Lanta », les producteurs de « Pékin Express » ne m'ont pas réservé le meilleur rôle. Bientôt, les questions dirigées et ciblées du journaliste qui nous interviewe entre les épreuves me mettent la puce à l'oreille. Lors de chaque étape, il insiste une fois, deux fois, trois fois : « Alors, Taïg, vous, vous êtes un vrai compétiteur. » Une autre fois, c'est : « Taïg, vous, vous êtes vraiment sur "Pékin Express" pour remporter la victoire. » Mes réponses sont claires et polies. Inlassablement, je répète : « C'est vrai que je suis un compétiteur dans l'âme mais je ne suis pas venu à "Pékin Express" dans l'espoir de gagner. Ma seule ambition est de participer à une belle aventure humaine en Inde et de découvrir un pays que je ne connais pas. Mais il est évident que, en passionné faisant toujours les choses à fond, je donnerai tout ce que j'ai. » Il faut savoir que, dans ce genre de programme, les candidats doivent toujours reprendre la question dans leur réponse pour que le téléspectateur ait l'impression que ses déclarations lui sont venues spontanément. Dans mon cas, à chaque fois, la seconde partie de la phrase était coupée au montage.

Certains de nos actes de fair-play sont aussi passés sous silence. L'épisode du drapeau rouge a, par exemple, été zappé de l'émission. Le drapeau rouge est un cadeau bonus qui donne à l'équipe le possédant la possibilité de stopper à volonté la progression des équipes adverses pendant quinze minutes. Ce drapeau est apparu à deux reprises dans l'aventure, mais seule la première fois fut diffusée à la télévision. Lors de cette étape, c'est l'équipe des dandys qui s'en est emparée. Emmanuel de Brantes et Albert de Paname nous ont bloqués une fois. Ils avaient en tête de récidiver. Ils auraient bissé si on n'avait pas réussi à tromper la vigilance d'Emmanuel en se cachant derrière un camion pour s'enfuir… Chloé et moi, nous nous étions promis de ne jamais utiliser le drapeau rouge. Nous avons tenu parole, sans que la production fasse écho à ce geste plutôt loyal et sportif.

La course reprend à Delhi au début de ce quatrième épisode, pour une étape plus classique que la précédente. On a deux jours pour atteindre notre destination, avec une pause très attendue au Taj Mahal le premier soir. Mais une seule équipe aura cette chance. Voir le Taj Mahal et mourir ! C'est plutôt voir le Taj Mahal et ne pas mourir ! Pour cela, les tandems doivent récolter une victoire dans l'épreuve du turban. Nous devions réaliser deux turbans typiques du Rajasthan et les nouer autour de notre tête. Sauf que confectionner un turban traditionnel n'est pas si facile qu'on pourrait l'imaginer. Heureusement, Chloé et moi trouvons rapidement le tissu brodé parfait. À nous le Taj Mahal. À nous la limousine bonus, qui nous conduira vers la ville d'arrivée de l'étape ! La berline de luxe est climatisée, et un majordome, très généreux sur le champagne, se plie en quatre pour assouvir nos désirs…

Le Taj Mahal ! C'est peut-être la raison principale qui a motivé ma participation à « Pékin Express ». C'est aussi sans doute ma plus belle récompense. J'écoute avec délices l'histoire de ce mausolée de marbre blanc construit par l'empereur Shâh Jahân en mémoire de son épouse Arjumand Bânu Begam, ou Mumtaz Mahal. Au pied de ce joyau, je vis un moment émouvant. Le Taj Mahal est le plus beau monument au monde qu'il m'ait été donné d'apprécier. Je l'avais vu en photo, en vidéo, à la télé mais c'est loin de retranscrire la beauté pure et rare, mystérieuse et mystique de cet incroyable palais de la Couronne. Un instant, je me prends même à imaginer ce que ce serait si j'y réalisais un défi comme celui de la tour Eiffel… Mais il faudrait au minimum que je sois élu président de la République pour avoir une chance infime d'obtenir les autorisations !

Autre manipulation en demi-finale : quand j'ai doublé Frédéric Lama, le fils de Serge Lama, il s'est agrippé à moi pour me bloquer le passage. C'était un réflexe anti fair-play par excellence. Pourtant la production a inversé les rôles pour ne retenir que ma réaction. Seules les images où je me débattais pour me dépêtrer de ses griffes ont été diffusées… L'idée n'était même plus de me retoucher à petits coups de pinceau. Là, c'était de la peinture en bâtiment.

C'est à Bangalore que démarre la demi-finale avec encore quatre équipes en course. Outre Chloé et moi, il y a en lice Jeanne Savary et Alain Bouzigues, Hoang et Frédéric Lama, Stéphane Plaza et Sandrine Corman. Tout le monde est en danger. La demi-finale s'annonce drôle et ludique. Voilà le temple de Someshwara, où Chloé et moi versons comme il se doit des pots de lait sacré sur le fameux « phallus » en l'honneur du dieu Shiva, qui nous a beaucoup fait rire. Passage obligé chez un coiffeur local pour débroussailler les cheveux – tradition indienne oblige, un homme qui a les cheveux rasés affiche sa soumission à Dieu. Cinq kilomètres plus loin, soit une heure de course plus tard, on arrive au temple de Tiruvannamalai. C'est dans ce temple du XIe siècle que Shiva aurait fait une apparition au milieu des flammes. On visite l'endroit sans oublier de se faire bénir par l'Éléphant sacré. Enfin, c'est le rendez-vous avec le volcan Aruchnachala pour un trek sous forme de course contre la montre. Pour chaque duo de choc, l'ascension du volcan est un calvaire. Bien sûr, je pousse Chloé dans ses retranchements, aux limites de la douleur, pour l'aider à surmonter la difficulté. Pas plus, pas moins que l'attitude volontariste de Stéphane Plaza face aux difficultés de Sandrine Corman.

En finale, évidemment, la pression est très forte. Après ces trois semaines de course, trois équipes sont encore en lice. Chacune devra tout faire pour franchir en tête la ligne d'arrivée finale à Pondichéry. Une dernière ligne droite à l'issue de laquelle le duo gagnant pourra remporter une amulette d'or, et ajouter quatorze mille euros dans la cagnotte de son association.

Nous devons accomplir trois missions. À l'issue de chacune d'elles, la dernière équipe se verra attribuer une enveloppe noire, qu'elle ne pourra ouvrir que le lendemain. L'une de ces trois enveloppes est éliminatoire…

Première mission : direction la plage de Marina Beach pour pêcher. Je ne suis pas inquiet. Sans plaisanter, n'ai-je pas été sacré meilleur pêcheur de l'histoire de « Koh-Lanta » ? Nous parvenons à finir deuxièmes, Hoang et Frédéric Lama terminent en tête. Quant au tandem des animateurs de M6, arrivé dernier, il hérite de la première enveloppe noire.

Je garde un moins bon souvenir de la suite des événements. Non pas parce que nous avons tremblé pour l'enveloppe noire mais parce que les images ont été un peu modifiées. Notamment lorsque nous parvenons dans le parking de grands studios télé du quartier Vadapalami au même moment que l'équipe de Fred et Hoang. La tension est à son maximum : qui va franchir le premier la ligne d'arrivée dans le studio télé ? On court tous à touche-touche, cherchant fébrilement la direction du bon studio, lorsque soudain un garde nous l'indique. On repart tous les quatre en cavalant. Étant sportif, je prends quelques mètres d'avance sur Chloé sur les cent mètres de course. Malgré les deux sacs que je porte (celui de Chloé et le mien), j'arrive à rattraper puis dépasser Fred et Hoang et à franchir la ligne d'arrivée. Fred et Hoang surgissent en courant derrière moi. Lorsqu'ils sont à ma hauteur, je leur répète plusieurs fois, pour qu'il n'y ait pas d'ambiguïté : « Aucun problème, Chloé n'est pas avec moi, vous avez gagné. » La production se comportera comme si ces propos n'avaient jamais été prononcés, comme si je les avais rêvés. Elle ne retiendra qu'un visage énervé, stressé, alors que j'étais seulement marqué par une fatigue légitime.

Je ne briguais pas la victoire. Je ne revendiquais rien. Incontestablement, Frédéric Lama et Hoang étaient les vainqueurs, puisque le règlement imposait d'arriver en binôme et que Sandrine Corman et Stéphane Plaza avaient hérité de la première enveloppe noire. Il n'y avait aucune matière à débattre. C'était mer calme sur « Pékin Express ». Trop calme manifestement au yeux de la production, qui a profité de la situation pour faire des vagues. C'est mon honneur et mon intégrité qu'on a essayé d'ébrécher à grands coups de mise en scène. Je suis conscient qu'il ne s'agit que de détails sans gravité, mais je déteste l'injustice, l'idée qu'on puisse travestir ce qui s'est réellement passé.

Je ne peux pas oublier non plus l'épisode du code de la route de « Pékin Express », lors de la deuxième mission. Alors que, au début de l'aventure dans la jungle entre Jabalpur et Nagpur, la production nous avait autorisés à prendre des motos sans porter de casque – c'est la coutume en Inde mais cette image sera coupée au montage... –, elle a fait volte-face lors de la finale et nous a sanctionnés pour cet oubli.

Bien sûr, le règlement de « Pékin Express » exige de respecter le code de la route français. Nous savons cela. Mais nous savons aussi que la coutume de voyager comme les autochtones était la norme sur « Pékin Express », le concept même du jeu. Un « Pékin Express » sans voyager sur le toit ou le coffre d'une voiture, sans s'accrocher derrière un camion, sans monter à cinq dans une voiture, c'est impossible. C'est comme imaginer un Paris-Dakar avec une vitesse limitée. Et puis, en Inde, il est plus facile de trouver une vache qu'un casque. Tout le monde roule tête nue. Forcément, Chloé et moi n'avons pas imaginé un instant enfreindre un règlement et donc risquer des sanctions. Elles nous tombent pourtant sur la tête. Résultat : Stéphane Rotenberg annule cette mission et déchire une enveloppe noire au hasard (ce qui signifie qu'aucune équipe n'en héritera cette fois, et que l'ultime épreuve sera exceptionnellement disputée par les trois binômes). Nous écopons de trente minutes de pénalité pour la troisième et ultime épreuve. Et je passais encore pour le type prêt à égorger la terre entière pour s'imposer. Autant dire que la dernière enveloppe noire nous est tombée dessus comme la misère sur le pauvre monde.

La dernière mission, à Mahabalipuram, est celle du puzzle géant. Chloé et moi sommes plutôt partis pour nous battre pour l'honneur : les trente minutes de handicap sonnent dans nos têtes comme l'annonce d'une dernière place. Or, si Frédéric Lama et Hoang parviennent à résoudre le casse-tête, Sandrine Corman et Stéphane Plaza pataugent vraiment. Au point que lorsqu'on arrive enfin sur le « taquin », ils sont encore là. Ils sont démoralisés, déjà résignés à attendre les cent quatre-vingts minutes d'attente punitive imposées par le règlement en cas d'échec. De toute façon, ils ont hérité de la première enveloppe noire et sont donc peut-être déjà éliminés sans le savoir. J'attaque le puzzle. Il me semble difficile mais pas infaisable. En à peine dix minutes, je trouve la clef et finis mon puzzle. Touché par la détresse de Sandrine et Stéphane, je décide de les aider. Je sens un étonnement total dans leurs yeux. Au lieu de filer à l'arrivée avec Chloé et de valider le billet pour la grande finale, je m'attelle à leur puzzle. C'était vache de les laisser là, en plan. Je n'avais pas le pouvoir de les maintenir dans la compétition. J'avais le pouvoir de leur éviter à coup sûr la deuxième enveloppe noire.

Quand on quitte le taquin géant, Frédéric Lama et Hoang ont déjà pointé à l'arrivée. Comme nous avions rompu la logique de compétition entre Chloé, Sandrine, Stéphane et moi, nous décidons de rejoindre le point final de manière assez touristique : nous troquons la course contre une marche réparatrice. On se balade, on achète des glaces… Ce n'est plus la finale de « Pékin Express », c'est *Les Bronzés à Pékin* ! Notre attitude déroute totalement la production. Elle zappe cet épisode au montage. Pour terminer cette mission, nous sommes malgré tout obligés de prendre des voitures séparées. Nous trouvons rapidement un chauffeur ; Stéphane et Sandrine, eux, galéreront une heure avant de trouver leur bonheur.

Chloé et moi sommes seuls devant la ligne d'arrivée à Pondichéry. Impossible de briser là notre solidarité. Nous décidons d'attendre Sandrine et Stéphane, afin de leur permettre de franchir la ligne avant nous. Histoire de laisser au destin et aux enveloppes noires le soin de nous séparer. Une heure à faire les cent pas devant la ligne d'arrivée, c'est long. La production ne pouvait plus passer sous silence cet événement, et par conséquent celui du puzzle. Ceux-là même qui n'avaient eu de cesse de m'enfermer dans le rôle du compétiteur prêt à tout pour gagner allaient devoir souligner mon fair-play !

Ainsi, malgré les conseils et les encouragements répétés de la production à franchir la ligne, nous ne cédons pas un pouce de détermination. Nous attendons bon gré mal gré nos deux amis. Il n'y a aucun calcul de ma part dans cette démarche. C'est juste le sens de l'amitié qui a parlé. Du reste, même si je trouvais bizarres les questions très dirigées des journalistes, je ne pouvais avoir aucune stratégie de communication, vu que je n'avais aucune idée de la ligne éditoriale de la production. Et pour tout dire, j'étais plutôt en confiance. Je n'imaginais pas M6 être mesquin avec moi. Or j'étais naïf : je ne m'étais pas rendu compte que tout cela était un jeu d'image géant.

Sandrine Corman et Stéphane Plaza sont enfin là. Nous leur proposons de franchir la ligne avant nous. Après une petite discussion, ils refusent d'accepter le cadeau et Stéphane me pousse derrière la ligne. L'aventure est terminée pour eux, me dit-il. Elle continue pour nous. Ils nous demandent seulement de nous battre pour eux et de remporter « Pékin Express ». C'est à partir de ce moment-là que je suis entré dans une vraie logique de compétition. C'est à partir de ce moment-là que j'ai vraiment senti l'adrénaline, comme avant mes grands rendez-vous de roller.

C'est désormais le face-à-face Chloé et moi contre Frédéric Lama et Hoang. Fred et Hoang ont été très forts durant cette aventure. Sur les derniers jours, même quand on faisait la meilleure course possible on n'arrivait pas à les battre.

Une finale ne se dispute pas, elle se gagne. Pour la première fois, j'ai eu envie de remporter « Pékin Express ». Pour la première fois, j'ai mis vraiment la pression sur les épaules de Chloé. Et elle m'a épaté. Elle s'est surpassée. Elle est allée au bout de ses forces.

Le règlement de la dernière épreuve est limpide. Les deux tandems finalistes doivent chercher trois objets typiquement français cachés dans Pondichéry : un croissant, une boule de pétanque et un képi. Il faut répondre à des questions de culture française pour marcher vers la victoire. En cas de mauvaise réponse, on écope de trois minutes de pénalité. L'ensemble des objets nous permettra de trouver le lieu de l'arrivée. Les objets ne sont pas dans le même ordre pour les deux équipes, afin de brouiller les pistes et de nous laisser courir comme des dératés sans connaître le classement. Malgré un gros quart d'heure perdu pour avoir oublié de repartir avec le troisième objet, on espère encore être dans les clous. On sait juste que ce genre de faute d'inattention peut être fatal.

Les questions sont difficiles. C'est « Fort Boyard à Pondichéry ». La culture française n'est pas notre spécialité, à Chloé et moi… On enchaîne les pénalités. On essaye donc de rattraper le temps perdu par tous les moyens. Sur le chemin de l'arrivée, on réussit à prendre un taxi. Je montre au chauffeur le panneau sur lequel est écrit qu'on n'a pas d'argent. Le chauffeur ne veut pas montrer qu'il ne sait pas lire. Il accepte la course. Quand on quitte le taxi, il réclame le tarif de la course. Je lui remontre le panneau. Il le confisque. On n'a pas de temps à perdre. On court dans la mauvaise direction. On arrive à convaincre des personnes sur des vélos de nous les prêter. Mais le chauffeur du taxi ne nous oublie pas. Il nous poursuit et demande aux autres voitures de nous bloquer. C'est queue-de-poisson sur queue-de-poisson. Pas le choix, on laisse les vélos sur la route. D'ailleurs, le règlement stipulait que les cinq derniers kilomètres, avant l'arrivée, devaient être parcourus à pied. On entame alors un vrai sprint. Je transcende Chloé, je l'aide à exploser ses limites. Au moment où on franchit enfin la toute dernière ligne d'arrivée de « Pékin Express », on a la mauvaise surprise de ne pas voir Stéphane Rotenberg. Quand on ne voit pas Stéphane Rotenberg à l'arrivée, ce n'est pas bon signe. Il est toujours là, avec les caméras, pour accueillir les premiers ou même les seconds. Là, personne. On flippe. On pressent la défaite, on imagine Frédéric Lama et Hoang fêter leur succès. Stéphane arrive enfin près de nous. Impossible de lire quoi que ce soit sur son visage. J'aperçois néanmoins une amulette en or dans le creux de sa main droite. Je ne veux pas penser que c'est pour nous. Pour ne pas être déçu.

Elle est bien pour nous, pour Chloé et moi. Stéphane Rotenberg nous annonce que nous sommes les vainqueurs de « Pékin Express, duos de choc ». C'est l'incrédulité. Jamais je n'aurais pensé la victoire possible. Les bras m'en tombent. Je saute dans les bras de Chloé. Nous avons formé un binôme magnifique. Jamais nous n'aurions pensé planter notre drapeau au sommet de « Pékin Express ». Cette amulette en or d'une valeur de quatorze mille euros s'ajoute aux seize mille euros déjà gagnés. C'est un chèque de trente mille euros que nous allons remettre à l'UNICEF. Et comme Chloé vient de prendre sa revanche, on nage en plein bonheur.

Je ne savais pas que la production allait encore appuyer là où ça fait mal. Ils ont carrément zappé au montage mes propos enregistrés après notre succès, par lesquels j'exprimais ma joie d'avoir aidé Chloé à réaliser son rêve et d'avoir découvert un pays et un peuple magnifiques. Je ne sais pas s'il existe beaucoup de compétitions, de jeux où le vainqueur est privé de parole, privé d'exprimer ce qu'il ressent à ce moment unique... Normal, je montrais mon vrai visage qui n'était pas celui que la production avait vendu depuis le début. On n'entendit que Chloé... Cette victoire était autant la sienne que la mienne. C'était normal qu'on lui donne la parole. Mais c'était logique qu'on me la donne aussi. Les téléspectateurs se contenteront de lire le bonheur sur mon visage...

Mon visage est encore illuminé, le lendemain, à l'aéroport Charles-de-Gaulle. Petra est là. Nous profitons de la tranquillité du mois d'août à Paris avant de nous envoler vers Tel-Aviv, où je tourne une publicité M6 Mobile. C'est seulement en novembre, lors de l'enregistrement de l'émission consacrée à la finale, que j'ai compris à quelle sauce j'avais été mangé par la production. J'ai été obligé d'élever la voix. J'ai tenté de remettre les choses à l'endroit pendant l'enregistrement. Mais je ne voulais pas empirer les choses en renvoyant l'image de la personne susceptible qui se pose sans cesse en victime. Et de toute façon, le mal était fait.

Aujourd'hui, j'ai la sensation d'avoir vécu un morceau de vie unique qui se termine bien. Malgré tout. C'est rare et beau à la fois de pouvoir tourner une page sans ratures. J'ai eu la chance de rencontrer des gens aussi purs que les Indiens dont les sourires resteront gravés à jamais dans ma mémoire. Rencontrer ce peuple-là m'a fait grandir humainement. Leur générosité est inversement proportionnelle à leur richesse. Ils n'ont rien. Ils donnent tout.

CHAPITRE 7

Apprendre encore

C'est à mon retour de Koh-Lanta que j'ai embrassé Petra pour la première fois. Avant, Petra était ma colocataire. Aujourd'hui, elle est propriétaire de mon cœur. Depuis septembre 2009, on partageait un appartement au métro Bonne Nouvelle, dans le centre de Paris. On s'est vraiment rapprochés avant mon départ pour Koh-Lanta. La séparation et l'éloignement ont renforcé nos sentiments. Et à mon retour du jeu de TF1, les choses étaient évidentes entre nous.

L'amour est une maladie dont on guérit rarement. Avant Petra, j'étais amoureux de Bianca. Une amie s'était mis en tête que nous étions faits l'un pour l'autre. Il lui a fallu un an pour nous mettre en contact, au début de l'année 2007. Et effectivement, ce fut comme dans un conte de fées au début. Bianca est originaire du

Nordeste au Brésil, pas très loin de Salvador de Bahia.

Petra est une personne vivante, intelligente, drôle, au caractère fort, pleine de feu et de passion. Elle rêve d'une carrière au cinéma. Je l'encourage. Je l'ai d'ailleurs accompagnée sur le tournage de *Bienvenue à bord* où elle jouait le rôle d'une nounou étrangère au côté de Valérie Lemercier, Franck Dubosc et Gérard Darmon. Le film était tourné pendant une vraie croisière avec des vrais touristes. J'ai fait escale aux Bahamas, à New York et Miami…

Bien avant ce tournage avec Petra, mon rêve, c'était le cinéma. Comme tous les gamins, je m'imaginais sauter sur le toit d'un métro comme Jean-Paul Belmondo ou draguer au bord d'une piscine comme Alain Delon. Je voulais être comédien. Comme on rêve d'une île paradisiaque le jour de la Toussaint à Paris : sans s'autoriser à y penser vraiment. Je me suis décomplexé sur cette question quand j'ai acquis suffisamment de confiance en moi, vers l'âge de vingt-cinq ans. Avec de la passion et du travail, les deux ingrédients qui ont guidé ma vie grâce à mes parents, cela *pouvait* être possible ! J'ai donc décidé de sacrifier à la coutume des cours de comédie. Si ça ne me permettait pas de forcer les portes du septième art, ça m'aiderait au moins à être plus spontané dans la présentation de mes émissions télé ou dans les réunions de business.

Pour mes premiers cours de comédie, j'ai choisi une formation individuelle. J'ai été dirigé par Françoise Merle qui a travaillé avec Ariane Mnouchkine au Théâtre du Soleil, la belle troupe cosmopolite installée depuis les années soixante aux portes de Paris, dans l'ancienne Cartoucherie de Vincennes, là même où j'ai suivi mes uniques jours de classe quand j'étais enfant. Cela a duré trois mois. Passé cet apprentissage en cours particuliers qui m'a donné des envies d'encore, j'ai rejoint les cours collectifs de Damien Acoca, un coach privé. Les cours se déroulaient en petit comité : nous étions tout au plus dix élèves, parfois moins. C'était la valeur ajoutée de cette formation, quand on pense aux grandes usines comme les cours Florent, qui réunissent pas loin de trente élèves par cours. Je ne comprends pas comment une formation donnée devant un groupe aussi important peut être efficace. Certes, dans les cours de comédie, on apprend beaucoup en regardant les autres. Mais trop regarder les autres, c'est insupportable. En tout cas, c'est un mode de fonctionnement que ne sait pas lire mon logiciel. J'ai besoin d'activité permanente pour ne pas avoir l'impression de perdre mon temps. Le rythme, c'était douze heures par semaine. Le thème, c'était peu de classique et beaucoup d'improvisations car le cinéma m'attirait davantage que le théâtre. Le but, c'était de gérer mes émotions, d'être malléable et de jouer vrai. Et surtout de me remettre en question dans un domaine où je ne suis rien. Dans mon sport, j'avais atteint une notoriété rassurante. Là, il fallait se jeter dans la gueule du loup comme un débutant et affronter la critique, les moqueries, parfois les railleries. Il fallait surtout les accepter. Les cours prenaient aussi pour moi des allures d'introspection, imprévue mais passionnante. On doit apprendre à se connaître soi-même avant d'entrer dans le costume d'un autre personnage et d'espérer jouer. C'était une vraie école de l'humilité.

À cette période, en 2002, ma carrière était à son paroxysme. Je n'étais donc pas aussi disponible que j'aurais aimé l'être. Parfois j'arrêtais les cours pendant six mois. Et je reprenais six mois, au rythme des mes envies et des échéances sportives. Mes copains de cours couraient les castings ; moi, fidèle à mon fonctionnement habituel, je me laissais le temps de prendre la température. Le milieu du cinéma m'attirait, mais je mesurais la difficulté de l'intégrer. Je voulais me donner le maximum de chances de relever cet immense défi. Pour cela, il fallait s'intéresser à ce métier. Il fallait en comprendre les us et coutumes, les mécanismes. Quand on veut devenir pilote d'avion, on ne se contente pas de passer son brevet de pilotage. On s'intéresse à l'aviation, aux fonctionnalités d'un avion. On discute avec des pilotes. J'étais vraiment dans cet esprit : curieux de tout, ouvert sur tout. Je découvrais le monde des agents, des tournages. Je parlais énormément avec les acteurs que je rencontrais dans diverses occasions, j'étais gourmand d'anecdotes en tout genre. Je commençais à croiser la route de producteurs et à prendre langue avec eux. Parmi ceux-ci, il y avait Aton Soumache, le fondateur d'Onyx Films *(Renaissance, Les Enfants de Timpelbach, The Prodigies)*. Aton était un copain d'enfance : nous nous étions rencontrés au Trocadéro, et il faisait de la rampe avec moi de temps en temps. Il savait que j'avais les yeux de Chimène pour le cinéma. Mais je ne tenais pas à être dans la peau du demandeur. Je ne voulais surtout pas quémander des rôles à Aton. D'ailleurs, il avait beaucoup à faire avec le montage financier du film *Upside Down* de Juan Solanas, avec Kirsten Dunst. Je n'allais pas l'embêter avec mes projets de reconversion. Et puis, plus profondément, je n'étais pas à l'aise avec cette obligation de séduction qu'ont les comédiens vis-à-vis des producteurs et des réalisateurs. Un comédien est sans cesse tributaire du désir des autres. C'est une situation très douloureuse pour moi qui aime à contrôler les choses.

Je ne vais jamais aussi vite que lorsque j'avance en solitaire. Je ne m'attendais pas à ce que quiconque me déroule le tapis rouge. J'ai donc pris les choses en main, seul. Mon train était sur les rails. Il avançait inexorablement. Rien ne pourrait l'arrêter. Quand il s'arrêtait à quai, c'était aux autres de monter. Je leur faisais comprendre qu'il reprendrait sa route, quoi qu'il arrive. En restant en gare, ils rateraient peut-être une belle aventure… Cette histoire, je l'ai commencée en investissant un peu d'argent sur du matériel vidéo. Je posais la caméra sur une table de mon salon et rejouais les scènes de films culte avec une bande d'amis. J'ai énormément travaillé *Hoffa* de Danny DeVito avec Jack Nicholson, *Aviator* de Scorsese avec Leonardo DiCaprio et *Le Parrain* de Francis Ford Coppola. L'idée, c'était d'apprivoiser mon image dans une caméra, de me confronter à mon propre jeu. Et d'accepter toutes les critiques indispensables pour avancer. Avec le temps, j'ai pu montrer quelques scènes à des agents ou des producteurs.

Aton Soumache est un peu bluffé par mon attitude. Les cours de comédie, l'achat de matériel vidéo pour reproduire des scènes… Je trace ma route. Aton pourrait me chercher un projet et le financer seul. Il en a les épaules. Mais au lieu de cela, il décide de devenir mon mentor et me présente Marc Missonnier et Olivier Delbosc, les patrons de Fidélité Production. Fidélité est un poids lourd de la production cinématographique hexagonale, avec un beau palmarès : *Podium*, François Ozon, le prochain

Astérix et Obélix *God Save Britannia*... Aton a motivé au maximum Marc Missonnier pour une coproduction entre Onyx et Fidélité. Il lui a vanté mes qualités professionnelles, lui a raconté l'histoire de ma vie : ma faculté à dépasser mes limites et relever les défis impossibles. Il lui a surtout dit qu'il croyait en moi et qu'il était partant pour jeter les bases d'une coproduction. Le contact devient assez rapidement amical entre Marc Missonnier et moi. Et comme Aton est vraiment en immersion dans son immense projet *Upside Down*, c'est avec Missonnier que je multiplie les rendez-vous pour avancer. Les choses avancent... mais pas aussi vite que je le souhaite. Dans sa bouche comme dans celle d'Aton, un leitmotiv revient sans arrêt : il n'y a pas de scénario. Je teste bien auprès de Marc et Aton l'idée d'un film sur le Diable. Je m'étais documenté des semaines durant sur la vie de l'ange déchu Lucifer transformé en Satan. L'idée est bonne, selon Aton. Mais elle fait pshitt. Trop chère et surtout elle ne me correspond pas. En accord avec Marc, Aton me fixe trois contraintes essentielles pour mener un projet à son terme : de prime abord, l'univers doit être celui du roller, en second, le budget du film doit être faible et enfin, ce doit être un film d'action dans un pays de l'Est où les coûts de production sont tirés vers le bas – et bien sûr, l'intrigue doit être très originale et les personnages très travaillés...

Nous n'en étions pas plus avancés sur le scénario. Quand on ne me donne pas les choses, je retrousse les manches et je les fais. C'est mon habitude. C'est le secret de ma réussite. On ne me proposait pas de scénario, c'était donc à moi de l'écrire. Je dis à Aton et Marc : « Je vais vous trouver un pitch. » Au final le pitch deviendra un scénario de quatre-vingts pages. L'été 2009, je le passerai donc chez moi, à pianoter quinze heures par jour l'histoire de mon film sur mon ordinateur. Je ne fais que ça. Écrire, dormir, et encore écrire. Grossir aussi car la consommation abusive de chocolat se marie plutôt bien avec mon inactivité physique. J'ai imaginé l'histoire d'un champion de roller qui souffre de visions. Il a la vision d'une fille qui va se faire tuer. Il essaye de la sauver dans une course poursuite. Il tombe amoureux d'elle, au moment où il s'aperçoit que s'il réussit à la sauver, c'est lui qui va mourir. Et, à la fin, on réalise que tout ça n'a jamais existé. C'étaient les hallucinations d'un champion de roller après une mauvaise chute... En transe, je ne me sens aucunement frustré d'être enfermé dans un appartement alors que toute la France est en vacances. Au contraire, je m'amuse et je suis même heureux, bien que l'écriture soit forcément pour moi – qui ne suis jamais allé à l'école – un exercice un peu douloureux. Dans mon enthousiasme, j'ai même poussé le bouchon jusqu'à vouloir réaliser un authentique *story-board*. Mais voilà, je ne suis pas bon dessinateur et le résultat est vraiment trop amateur. Je dois une fois de plus trouver une solution. Finalement, j'ai le déclic : j'achète un pistolet en plastique pour reconstituer les scènes d'action avec des amis dans la rue, sur des voitures, afin de les prendre en photo. Ensuite, je télécharge les photos dans l'ordinateur, réduis leur opacité et redessine dessus, comme sur un papier calque. De cette façon, je me retrouve avec un *story-board* très professionnel.

À la rentrée de septembre, je ne suis pas bronzé mais je possède un scénario épais. C'est donc assez fier de moi que je prends rendez-vous avec Marc et Aton. Je sais que je ne suis pas plus scénariste à la fin de l'été que je ne l'étais au début, j'ai conscience de ne pas avoir donné suffisamment de corps et de caractère au personnage, mais le résultat global me satisfait. Ce n'est pas le cas d'Aton et de Marc, qui retoquent tout de go mon scénario. Bien sûr, ils me respectent pour le travail fourni. Bien sûr, ils me prennent pour un malade mental d'avoir autant bossé alors que tous les jeunes de mon âge s'amusaient sur la Côte d'Azur. Mais ils n'aiment pas. C'est simple, pour eux, l'histoire est mauvaise. Si je n'avouais pas que j'ai été déçu, je serais un menteur. Mais la frustration passe aussi vite que des nuages en été.

J'ai appris les aspects techniques des scénarii, j'ai appris à storyboarder. Cela me servira forcément. C'est pourquoi je les ai rassurés en leur disant de ne pas se soucier de ma réaction. Ils étaient plus gênés que moi. En une seconde, ils mettaient deux mois de ma vie à la poubelle. Aton était un ami d'enfance et Marc un homme avec de vraies valeurs. En fait, je leur ai facilité la tâche. Chacun revenait à sa place. Je n'étais pas scénariste. Il me faudrait beaucoup de travail pour espérer le devenir un jour. Je restais le jeune comédien qui court après son premier rôle. Marc et Aton restaient les producteurs qui livrent les projets clef en main. Les cartes étaient rebrassées dans leur paquet original. C'était mieux ainsi.

Le temps nous emportait comme une lame de fond vers 2010. Toujours rien, toujours pas de scénario à dévorer. Mes pas frénétiques me menaient davantage vers le record de la tour Eiffel que vers une quelconque carrière cinématographique. Et pourtant, les deux étaient liés dans un même et unique destin. Le clap de départ de mon aventure cinéma a sans doute été donné au pied de la tour Eiffel où j'ai eu la bonne idée d'inviter Marc Missonnier (Aton n'était pas en France). S'il était relativement intéressé avant l'événement, le producteur de Fidélité est vraiment décidé après. Échauffé par tout cet engouement populaire, il me promet de faire son maximum pour trouver un bon scénario. Il lui faut moins de deux mois pour revenir avec l'objet de tous mes désirs. Le scénario me séduit dès que le lis le pitch. Fidélité qui en a trouvé l'idée a confié l'écriture à Fabien Suarez, l'un des scénaristes de *Largo Winch*, et Juliette Sales.

Le calendrier prévisionnel planifie un casting du réalisateur en septembre 2011, un début de tournage début 2012 pour une sortie en salle à l'automne de cette même année.

En tout cas, je reproduirai au cinéma la même recette que pour mon sport ou mes projets, la seule que je connaisse, la seule qui soit garantie : le travail et la passion. Même si je suis de plus en plus performant dans les cours de comédie, j'ai encore beaucoup de chemin à parcourir pour tenir un long métrage sur mes épaules. J'ai l'intention de répéter pendant des mois les scènes du film, avec ma caméra, un coach ou même le réalisateur s'il en a le temps et l'envie. Je n'imagine pas arriver au débotté le premier jour du tournage. Je suis aussi perfectionniste que confiant en moi-même.

Pour monter un record, il faut être un peu fou, sans doute. Mais, plus que tout, plus aussi que des réseaux, ou même du talent, il faut du travail. Sans un labeur de tous les instants, l'événement de la tour Eiffel serait resté un formidable fantasme sur papier glacé, un fabuleux rêve en 3D. Sans un travail acharné, mon nouveau record au Sacré-Cœur ne deviendrait jamais non plus une réalité.

Avant de vouloir la tour Eiffel, j'avais opté pour la Seine devant Notre-Dame ; avant de désirer le Sacré-Cœur, j'ai coché dans ma tête les Champs-Élysées devant l'Arc de triomphe.

Au départ donc, je suis parti pour les Champs-Élysées. La clef, là encore, c'est l'autorisation de la Préfecture. Pour ne pas connaître la même course contre la montre qu'avant le record de la tour Eiffel, un rendez-vous est très vite calé avec la Préfecture, dès l'automne 2010. Là, je commets l'erreur abyssale de ne pas coucher par écrit le contenu de l'entretien avec un des directeurs techniques. Or ça m'aurait évité de faire fausse route. Là où le fonctionnaire de la Préfecture ne me ferme pas la porte, j'interprète mal ses propos et pense qu'il me l'ouvre. Lors de toutes les réunions avec la conseillère aux sports du président de la république Nicolas Sarkozy, avec la mairie de Paris, avec la mairie du VIIIe arrondissement ou avec l'association du Comité des Champs-Élysées, je me montre certain de détenir l'autorisation de la Préfecture. La mairie de Paris me témoigne son étonnement devant un accord aussi rapide. Peu importe, je baigne dans un optimisme béat seulement tempéré par le veto sans retour de la mairie du VIIIe qui n'aime pas l'idée de bloquer une partie de la plus belle avenue du monde.

Peu importe, nos équipes travaillent sur le dossier technique avec beaucoup de confiance et la volonté de lever le dernier rempart de la mairie du VIIIe et son maire François Lebel. Quand notre directrice technique appelle, au début de l'hiver 2011, une secrétaire de la Préfecture pour demander le nombre de dossiers à transmettre, celle-ci répond qu'aucun événement n'aura lieu sur les Champs-Élysées. C'est la consternation dans nos rangs. La rage aussi : nous ne comprenons pas pourquoi la Préfecture nous a donné son accord six mois plus tôt. Nous ne savons pas encore que j'ai simplement très mal interprété les propos du directeur technique, et qu'en clamant sur tous les toits que le record aura lieu, nous avons mis ce fonctionnaire dans une situation inconfortable. Ainsi ma première réaction est-elle d'envoyer à la Préfecture un courrier électronique assez virulent, où j'exprime mon incompréhension devant une telle volte-face et le manque de respect qu'elle implique vis-à-vis de nos employés qui travaillaient depuis plusieurs mois sur ce dossier.

La réponse de la Préfecture est cinglante. Elle prend la forme d'une lettre postale. Non seulement il faut oublier les Champs, mais il faut aussi oublier toute manifestation sur la voie publique à Paris. À ce moment-là, je n'ai toujours pas conscience de mon erreur. Je me rends à la Préfecture sans rendez-vous. Je réclame des explications. Les interlocuteurs sont à trois mètres de moi, dans leurs bureaux. Aucune porte ne s'ouvre. Je fais une enquête qui m'ouvre enfin les yeux sur le quiproquo. Je sollicite un entretien avec le fameux directeur technique. Accordé ! Enfin une nouvelle chance. Il me confirme avoir été dans une position inconfortable.

C'est l'abattement général. La réunion de crise avec Nicolas Dudowski de Double 2 et Jonathan Politur de Puzzle Media porte très bien son nom. Pour la première fois depuis le début de notre association, on termine la soirée en se saluant sur un échec. Étant responsable de la situation, je décide de l'assumer seul. J'envoie un courrier personnel d'excuses au préfet de police de Paris avec en copie tous les interlocuteurs que j'ai pu rencontrer. Les semaines passent, les doutes demeurent. On a un plan B. C'est l'Arche de la Défense. La mairie de Puteaux est chaude, nos sponsors un peu moins. Mais je reste braqué comme un enfant capricieux sur un événement à Paris. Je finis par me rendre pourtant à l'évidence : il est délicat de bloquer l'avenue pour mes beaux yeux. Mais je peux peut-être m'adosser à un événement existant. Il n'y a pas beaucoup d'événements récurrents entre l'Arc de triomphe et la place de la Concorde. Il y en a deux : les festivités du 14-Juillet et l'arrivée du Tour de France. Il faut bien sûr oublier le premier : si le président de la République m'accordait une autorisation un tel jour, il devrait l'accorder à tout le monde – et je doute que le roller soit une cause nationale... Mais le second événement m'ouvre une fenêtre d'espoir.

Ça vaut le coup d'essayer. Sans tarder, je tente ma chance auprès du Tour de France et de son organisateur Amaury Sport Organisation (A.S.O.). Je connais un peu en effet la propriétaire d'A.S.O., Marie-Odile Amaury. Lorsque je la contacte, elle se déclare séduite par mon idée et me promet d'essayer de convaincre A.S.O. Malheureusement, il apparaît bientôt que mélanger les deux événements entraînerait trop de contraintes techniques et stratégiques. Bref, malgré les efforts louables de Marie-Odile, il faut convenir que la perspective des Champs-Élysées s'éloigne sérieusement. Ainsi que celle de pouvoir faire un record en 2011.

Sans me démonter, je reviens à la charge auprès de la préfecture de police (en suivant cette fois à la lettre le protocole) et parviens à décrocher un rendez-vous avec le chef de cabinet du préfet Nicolas Lerner et sa conseillère technique, Raymonde Colin. Je leur montre mon iPad où j'ai modélisé en 3D tous les lieux mythiques de Paris : le pont des Arts, la Pyramide du Louvre, le Sacré-Cœur, la Seine... Raymonde Colin se montre aussi séduisante qu'intransigeante. Elle est rigide comme du bois qu'on ne tord pas. Moi qui ne suis jamais aussi heureux que lorsque j'ai l'occasion de convaincre, je me rends compte que je gaspille ma salive. La conseillère connaît deux réponses : oui et non. Elle possède une véritable expertise et ne badine pas avec la sécurité. Jeune et dynamique, Nicolas Lerner, lui, a une vision plus politique et se révèle plus sensible à notre démarche sociale et éducative auprès de la jeunesse, mais évidemment il ne fera rien sans que la réussite soit validée par Mme Colin. Au final, je sors de la réunion sans autorisation officielle mais avec l'accord pour instruire deux dossiers : le Sacré-Cœur et la Pyramide du Louvre, les deux lieux qui perturberaient le moins la vie des Parisiens en cas d'événement de masse. La Pyramide du Louvre est mon coup de cœur. Mais elle sera plus difficile à obtenir car il faut impérativement l'accord du président-directeur du Louvre, Henri Loyrette. Malgré nos appels répétés, il reste muet. Aussi décidons-nous de ne pas insister davantage, afin de préserver toutes nos chances avec lui pour l'avenir.

Après la tour Eiffel, ce sera donc le Sacré-Cœur le 2 juillet après-midi. Je me décide pour un record en longueur : je m'élancerai d'une rampe devant le Sacré-Cœur et terminerai mon saut sur la pelouse, près du manège. Sur le papier, c'est magnifique. Seulement la difficulté technique est encore plus importante que pour la tour Eiffel. Elle est double : il y a un dénivelé de neuf mètres et une contrainte de poids pour l'installation de mon airbag au point d'arrivée. La pelouse du Sacré-Cœur est en effet un vrai gruyère. Établir un record autour d'un symbole, c'est donc une vraie chance et d'énormes maux de tête. J'ai passé des nuits entières autour du Sacré-Cœur pour modéliser en 3D tout l'environnement au centimètre près.

L'autre grande différence par rapport à l'événement de la tour Eiffel est positive : on a beaucoup moins galéré dans la recherche de partenaires. Heureusement, car l'autorisation d'instruire le dossier a été obtenue encore plus tard qu'avant le record à la tour Eiffel. On repart main dans la main avec les mêmes gros partenaires, dans le sillage de M6 Mobile. D'ailleurs, le record s'appellera, une nouvelle fois, le M6 Mobile Mega Jump. On a créé une marque. Pourquoi la changer ? On imagine même l'exporter à l'étranger avec un rythme de deux records par ans : un en France et l'autre à l'étranger. Je bataille déjà pour obtenir les autorisations de sauter, l'hiver 2012, du Rockefeller Center à New York. Pour mon premier record à l'étranger, la seule idée d'un événement près de la 5ᵉ Avenue me fait vibrer… Le rêve ultime de chaque *rider* pro qui se respecte. Et tout serait plus simple après pour s'exporter aux quatre coins de la planète. En 2014, ce sera le Brésil pour honorer la Coupe du monde de football, dans un lieu exceptionnel que je tiens encore secret. En 2015, pour mes quarante ans, j'ai aussi une petite idée derrière la tête. Pourquoi petite d'ailleurs ? Je vois tout en grand depuis ma jeunesse. Trop grand parfois ! Ce n'est pas au carrefour de mes quarante ans que je vais changer…

L'âge ne sera jamais un frein pour moi. Si l'envie de le faire s'invitait à ma table, je serais capable aujourd'hui de me lever et de reprendre la compétition de haut niveau. Il faudrait simplement que je revoie mon mode de vie. Non, ce n'est pas l'âge qui pose problème, ce sont les obligations et les responsabilités qu'on doit assumer à un certain moment de sa vie. Pour être franc, je n'ai pas envie de redevenir un sportif de haut niveau. J'ai trop fait de compétitions pour ne pas en être gavé. En revanche, participer au JO 2014 à Sotchi, en Russie, est un challenge qui me démange. Pour cela, il faudrait changer de discipline. Il faudrait oublier le roller et se consacrer au ski. C'est que le ski half-pipe deviendra discipline olympique lors des prochains JO d'hiver. Les figures sont les mêmes en ski acrobatique sur rampe qu'en rollers. Ce sont d'ailleurs souvent les champions de roller qui ont inventé les figures. Suis-je capable de me couper du monde pendant deux ans, à la montagne, pour réaliser ce rêve ? Suis-je prêt à faire autant de sacrifices ? Je me pose la question... S'il y avait de la neige au centre de Paris, j'aurais la réponse. Je n'hésiterais pas une seule seconde.

Je n'ai pas envie non plus d'abandonner le métier de présentateur télé. C'est mon ami Jonathan Politur qui m'a mis le pied à l'étrier. Il a un vrai don de producteur. Il n'a eu de cesse de me faire progresser et de m'aider à franchir les étapes. Un jour il corrigeait mes fautes de français, un autre il retravaillait mes lancements… Je lui fais une confiance aveugle dans le domaine de la télé.

Le temps est passé sans que je m'en aperçoive. Sans que je cherche à l'arrêter non plus. Sans que je me retourne sur lui plus que de raison. Entre mes débuts professionnels en 1996 et mon événement au Sacré-Cœur en 2011, quinze années qui auront filé comme une poignée de sable entre mes doigts. Je n'ai pas peur de vieillir. Je sais que mes passions m'aideront à franchir les étapes de la vie qui se présenteront. Je sais que quoi qu'il arrive je me battrai pour mes rêves, comme dans ce proverbe japonais que je garde toujours dans mon téléphone : *« Sept fois à terre, huit fois debout. »* J'ai encore cette soif-là. J'ai encore dans le cœur ces mots de ma mère : « Tout ce que tu dois apprendre sur la vie, c'est la vie qui te l'apprendra ». Aujourd'hui, je suis dans la force de l'âge. J'ai le sentiment d'avoir atteint une forme de maturité. Vingt ans, je n'y connaissais rien. Trente-cinq ans, c'est un bel âge. Mais le plus bel âge, c'est quand on se sent jeune. C'est quand le chemin qu'on emprunte ne dévie pas de l'éducation qu'on a reçue. C'est quand on peut regarder ses parents dans les yeux et y lire toute leur fierté. Le plus bel âge, c'est l'ardeur qu'on met pour aller au bout de ses rêves. Et pour escalader l'Everest en espadrilles...

REMERCIEMENTS

À Serge Kotchounian,
Philippe Bourguignon,
Ahmed Baroudi,
Esther Perez,
Bertrand Delanoë,
Keta Beguin (Magik),
Safia Khris,
Aton Soumache,
Nicolas Dudowski,
Ronan Dubois
Et Jonathan Politur.

TABLE

CHAPITRE 1. Trocadéro : école de la vie .. 9
CHAPITRE 2. Roller : superhéros mais pas trop ... 43
CHAPITRE 3. Casquette : chef d'entreprise 77
CHAPITRE 4. Tour Eiffel : l'homme oiseau 101
CHAPITRE 5. « Koh Lanta » : télé mais pas réalité ... 153
CHAPITRE 6. « Pékin Express » : gloire et déboires ... 181
CHAPITRE 7. Apprendre encore ... 207

Remerciements ... 229

Composition PCA
44400 – Rezé

Impression réalisée par

CPI

BRODARD & TAUPIN

La Flèche

pour le compte des Éditions Michel Lafon
en mai 2011

Imprimé en France
Dépôt légal : juin 2011
N° d'impression : 64817
ISBN : 978-2-7499-1436-7
LAF : 1484